ME ENAMORÉ DE TI EN 1985

JAIME ORTIZ ARTEAGA

ola
PUBLISHING
INTERNACIONAL

Hola Publishing Internacional
Eugenio Sue 79, int. 4, 11550
Ciudad de México

Primera edición, Febrero 2023
Impreso en los Estados Unidos de América
ISBN: 978-1-63765-382-1

Nunca olvides tu pasado porque te hace mejor persona en tu presente y futuro.

Con todo mi amor para Sebastián, Rodrigo y Mariana, que siempre serán mi pasado, mi presente y mi futuro.

ÍNDICE

PRÓLOGO

Durante el 2020 se puso de moda la palabra "resiliencia", cuando comenzó la pandemia de Covid 19. Esta palabra hace alusión a adaptarse a la adversidad, una tragedia o amenazas, y definitivamente estas agravantes afectan o modifican el comportamiento de las personas. Pero, pensando un poco, las personas desde nuestros inicios hemos sido "resilientes". Tan sólo vayamos al siglo pasado: esas generaciones vivieron una guerra mundial en 1914 (en México pasábamos por una revolución que comenzó en 1910), y cuando terminó tuvo lugar la gripe española. Después, en 1929, vino una crisis financiera mundial. Y cuando parecía que el mundo se había calmado, diez años después comenzó otra guerra mundial en 1939. Y el mundo debía seguir adelante; las personas ante la adversidad siguieron sus vidas.

Entonces estoy convencido de que, por naturaleza, el ser humano ha sido muy resiliente; como decimos en México, somos bien "aguantadores"; encaramos las adversidades e incluso somos un país que se ríe de la muerte y las tragedias, sin embargo, seguimos adelante. Hoy pareciera que con tanta información en internet, redes sociales, blogs o aplicaciones, ante una tragedia o crisis, ésta nos limita, nos confunde, nos asusta, pero, definitivamente, esa naturaleza humana se sobrepone y sale adelante.

Y así fue el México en la década de los ochenta, diez años para el país bajo fuertes crisis económicas, bajo el mismo régimen político que gobernaba, que para ese entonces llevaba más de 60 años en el poder, donde las clases sociales estaban muy bien definidas en tres rubros: alta, media y baja, no como hoy día que hay subcategorías de cada una. Fue una década dominada por los medios de comunicación, que eran muy pocos (televisión, prensa y radio), pero su contenido estaba enfocado en el entretenimiento y en manipular para hablar sólo cosas buenas del gobierno. ¡Cuáles redes sociales e información en el momento! Las personas teníamos que esperar el noticiero de las nueve de la noche en televisión nacional para saber qué pasaba. Pero las personas debían continuar con sus vidas, trabajar, estudiar, divertirse. Y en esta década, la adolescencia mexicana estuvo fuertemente influenciada por la cultura de Estados Unidos, lo que generó un movimiento *pop* cultural muy grande a nivel entretenimiento, música, tecnología y moda que logró tropicalizar la vida de los adolescentes mexicanos.

Así como vino una "invasión" de movimientos culturales en México y en el mundo, también aquí se crearon nuestros propios movimientos en el arte, la moda y la música. Pero si algo tuvo esta década para los jóvenes fue esa resiliencia que nos hizo vivir ante la adversidad de una crisis, como el sismo de 1985, que si bien fue una tragedia, también marcó a una generación de personas como la más solidaria, participativa y socialmente responsable; una generación de personas que sabía resolver muchas situaciones antes de consultar a sus padres, jefes o profesores; una generación que debía llegar con la solución y no con el problema; una generación que tenía la capacidad de manejar varias obligaciones al mismo tiempo y que no tenía tiempo para darse por vencido; una generación que fue visionaria, modificó muchas cosas de la vida diaria y formó modelos de negocios que siguen vigentes, pero también una generación que vivió, se divirtió y disfrutó esos años; una generación que en los bazares de esa década encontró una forma de generar economía y satisfacer necesidades y demandas, pero también fueron lugares para el esparcimiento y la diversión. Siempre he dicho que quien no fue a un bazar a comprar unos jeans, tenis, discos, camisetas o simplemente a darse una vuelta para conocer a alguien no vivió la década de los 80.

Me enamoré de ti en 1985 es un libro que busca darle reconocimiento a esa generación de adolescentes que, más que resilientes, fueron grandes guerreros o héroes, como en esas películas de Estados Unidos, pero que nunca fueron reconocidos y que hoy día son personas que se encuentran en una etapa importante de sus vidas como padres, profesionistas, empresarios o líderes de opinión.

Seguramente, entre pandemias, temblores y crisis económicas seguimos saliendo adelante (que pareciera que se nos olvida), y no está por demás transmitirlo a las nuevas generaciones, porque, sin duda, hemos permitido que estas nuevas generaciones vivan una vida "más cómoda" o más fácil, y criticarlos como las "generaciones de cristal" no sería válido cuando nosotros lo hemos propiciado… Tal vez fuimos una generación muy cursi, soñadora o romántica; esto nos hizo divertirnos, nos hizo enamorarnos en un bazar, nos hizo luchar, no rendirnos y, sin duda, eso nos hizo salir adelante.

CAPÍTULO 1

EL SISMO DEL 85

El 19 de septiembre de 1985, la Ciudad de México vivió una de las más grandes tragedias en su historia, que no había vuelto a vivir desde el 28 de julio de 1957.

Con dedicación y respeto este capítulo a todos los que vivimos aquel día en la Ciudad de México un sismo de 8.1 grados que, además de sacudir los cimientos de una gran ciudad, también sacudió los cimientos de toda una generación que, ante la tragedia, demostró la más grande solidaridad de la población, especialmente los jóvenes.

Jueves 19 de septiembre de 1985:

Sonó la alarma del reloj despertador a las 7 en punto y Gustavo abría los ojos; con bastante esfuerzo se levantaba porque para él dormir era un placer, pero despertar no tanto. Sin embargo, sabía que tenía que ponerse de pie porque a las 7:15 a.m. su mejor amigo, Héctor, pasaría por él, como todos los días, para ir al gimnasio.

Para poder despabilarse pronto, Gustavo caminaba hacia el televisor blanco y negro que tenía en su habitación, un televisor antiguo que fue el primero que compraron sus padres y años después pasaría a ser parte de las cosas de la recámara de Gustavo y su hermano Jorge, quien ya no vivía con él; había decidido irse a vivir con su madre a raíz de la reciente separación de sus padres.

Ese televisor le traía recuerdos gratos porque por años fue el televisor que la familia Hernández usó y donde estuvieron juntos mirándolo y siendo testigos de muchos eventos, algo que comúnmente hacían las familias durante las décadas de los años sesenta, setenta y ochenta. Incluso decía tener vagamente recuerdos de las imágenes en esa TV, como la llegada del hombre a la Luna a sus escasos 3 años y, aunque sus amigos no le creían, Gustavo tenía muchos más recuerdos alrededor de ese viejo televisor. Lo encendió y sintonizó el canal 2, que era la única señal al aire a esa hora de la mañana, y si bien Gustavo no veía el contenido del programa, ayudaba a su ritual de ponerse su ropa deportiva de algodón con sus tenis Nike para correr. Un poco adormilado, ataba las agujetas de sus preciados Nike; porque en esos años tener un par de tenis así no era nada fácil de conseguir y representaban un sello de distinción entre los adolescentes.

El reloj ya marcaba casi las 7:15 y Gustavo sintió una corazonada de que Héctor llegaría tarde, algo que lo hacía dudar porque su amigo era muy puntual a sus 17 años.

–Bueno, en lo que llega este cabrón veremos a Lourdes Guerrero; a ver qué noticias suceden ahora –entonces Gustavo ponía atención en el programa.

Mientras terminaba de arreglarse para el gimnasio, Gustavo escuchaba las noticias de ese programa.

–¡Puta madre! ¡Otra vez el sindicato de trabajadores de la Universidad de México está planeando irse a huelga!

¡Son unos huevones! Bueno, el lado positivo es que tendré más días libres –comentaba Gustavo como si fuera un adulto de 40 años, cuando en realidad, lejos de preocuparle una huelga, le preocupaba más generar dinero y poderse comprar un coche porque, según él, tener un coche era el pasaporte directo al mundo del adolescente popular y eso realmente para Gustavo era todo un gran sueño.

Pero ese momento de reflexión se interrumpió por la comentarista del programa de variedades, quien justo a las 7:19 a.m. daría una noticia escalofriante.

-¡Está temblando! Está temblando, pero poquitito. No se asusten, vamos a quedarnos tranquilitos. Les doy la hora: 7:19 y 45 segundos –«¡Ah, Chihuahua!», pensó Gustavo–, tiempo del centro de México. Sigue temblando, pero vamos a tomarlo con una gran tranquilidad… Vamos a esperar un segundo para poder hablar.

En ese momento, Gustavo también comenzó a sentir el movimiento de un temblor, que realmente comenzó a sacudir su recámara; ¡su colección de autos a escala se movía como si éstos tuvieran motor! El crujido de las paredes lo puso muy nervioso y corrió hacia la puerta de su recámara, hacia el descanso de unas escaleras de metal que conectaban con el patio, y ahí pudo apreciar la vista de la calle, aferrado al marco de la puerta.

Gustavo veía cómo los postes de luz y el cableado se movían de un lado al otro y los árboles enormes que adornaban la avenida donde vivía también se movían bruscamente y sólo pensó: «¡Dios mío, nos vamos a morir! ¡Qué ya pare esto!». Llegó un momento en que Gustavo sólo cerró los ojos y, completamente lleno de miedo, no sabemos si rezaba o esperaba que sucediera lo peor… Y aunque tan sólo fue un minuto y medio, para Gustavo fue una eternidad, pero el sismo comenzó a ceder hasta, que pasado ese tiempo, nuevamente todo regresó a la normalidad, según él. Sin embargo, al regresar a apagar el televisor, el programa que veía simplemente no estaba al aire, sólo se veía la interferencia del canal, a lo cual no le prestó mayor atención e inmediatamente reaccionó y recordó que su amigo Héctor no había llegado, situación que le causó extrañeza; entonces decidió ir a la puerta de la calle y esperarlo ahí.

La sorpresa para Gustavo fue que en esa avenida donde vivía no circulaba ningún coche, lo que le llamó mucho la atención porque, para ser jueves a las 7 de la mañana, generalmente el tránsito a esa hora ya era imposible. Pero la calle estaba desierta. Tampoco había ningún vecino afuera e incluso en su imaginación llegó a pensar que parecía escena de una película de ciencia ficción de Steven Spielberg.

Instantes después, a los lejos vio cómo se acercaba un coche. De primer instante pensó que era su amigo Héctor, pero al acercarse descubrió que era un taxi modelo escarabajo, que eran muy comunes en esos años, como el coche de su amigo, que era del mismo modelo. Gustavo le hizo señas de que se detuviera, a lo que el taxista accedió. Gustavo observó que el automóvil estaba cubierto de polvo, como si hubiera cruzado por un desierto. Entonces, al abrir la puerta del vehículo, el taxista sólo le dijo "¡Se cayó la ciudad!", bastante histérico y asustado. Gustavo no entendía que pasaba y no pudo decir nada al taxista, sólo le salió un simple gracias y el taxista continuó con su trayecto.

Una gran confusión invadía a Gustavo, quien no entendía qué estaba sucediendo. A los lejos vio cómo se acercaba alguien corriendo. Era su amigo Héctor, quien gritaba.

-¡Gustavo! ¡Gustavo! ¡Ven, cabrón!

Entonces Gustavo cerró la puerta de su casa y corrió hacia su amigo.

-¡No mames! ¡Tembló súper ojete! ¡Se cayó el Colegio Mundial!, ¡se cayó! -gritaba Héctor y Gustavo lo único que hizo al encontrarlo de frente fue darle un abrazo; ambos desahogaron todo ese miedo, angustia y la incertidumbre de lo que realmente estaba pasando, pero Gustavo seguía incrédulo de la situación.

-¡No mames! ¿Cómo que se cayó el Colegio Mundial? ¿De qué hablas? ¿Y tú vocho?

Entonces Héctor comenzó a narrar lo que él vivió durante el temblor y cómo sintió la experiencia al manejar. Al mismo tiempo que ambos corrían hacia el colegio, Héctor le narraba cómo vio justo cuando el colegio en cuestión se había desplomado ante el caos que se generó; ya no pudo continuar manejando y dejó su coche a unos metros de dicho colegio.

Gustavo no podía creer lo que escuchaba, pero, al mismo tiempo, consciente de la magnitud del evento y viniendo de la boca de su mejor amigo, no tenía la menor duda de que en ese momento la Ciudad de México había sufrido una catástrofe. Y como buenos adolescentes llenos de fantasías, sueños y, al mismo tiempo, presas de un poco de ignorancia, a Héctor se le ocurrió, según él, una magnífica idea.

-¡Vamos al colegio a ayudar y de paso, pues podríamos "ligarnos" algunas niñas!

Cabe señalar que ese era un colegio de monjas exclusivo para mujeres.

Dentro del pánico y confusión de la situación, Gustavo secundó la idea e incluso dijo:

-¡Es una gran idea!

Porque de adolescentes sabemos muy bien que una idea descabellada puede ser la mejor idea…

Incluso al correr hacia el colegio, Gustavo se imaginaba como todo un héroe en auto deportivo negro, muy al estilo Sylvester Stallone o el mismo Kevin Bacon, e incluso en su mente se escuchaba la canción *Holding Out of a hero,* de Bonnie Tyler. Ambos, sin decirlo el uno al otro, también se imaginaban cómo todas las niñas los recibían como verdaderos héroes de un holocausto futurista de donde salían triunfadores. Pero al llegar Gustavo y Héctor al Colegio, toda esta "fantasía musical" se vino abajo al ver la situación real. Efectivamente, una parte del colegio se había desplomado; tres pisos estaban convertidos en uno… Había mucha confusión y no había auxilio por parte de la policía, paramédicos, bomberos o algún elemento de otro tipo de corporación, sólo se encontraba un grupo de monjas, cuatro mecánicos de un hangar de una terminal de autobuses del gobierno, Gustavo y Héctor, quienes, de venir de una fantasía adolescente, estaban justo en el umbral de una tragedia. Todas esas imágenes fantasiosas de peleas con villanos post apocalípticos y recompensados por las niñas… Ese gran silencio en el colegio los aterrizó en la realidad.

-¡Hay todo un salón de niñas debajo de los escombros! -exclamó una de las monjas del grupo.

-¡Debemos quitar escombros para llegar a ellas! -contestó uno de los mecánicos.

Los dos amigos se quedaron congelados y sin reacción, hasta que otro de los mecánicos les gritó:

-¡No oyeron, chavos! ¡Vamos a quitar escombros!

Gustavo y Héctor, sin cuestionar absolutamente nada, simplemente obedecieron al grupo de trabajadores. En ese instante, a metros de ahí, se encontraban Verónica Medina y Montserrat Avendaño, alumnas del colegio y amigas desde el kínder, que también pertenecían a ese grupo de alumnas que se encontraba atrapado en una parte donde colapso el edificio. Pero ellas habían planeado escapar de esa clase y de la escuela para irse con otras amigas a desayunar, lo que siempre hemos conocido como "irse de pinta" para evitar un día de escuela sin el permiso de nadie, algo que consideraban que sería la primera gran aventura de escaparse de la escuela en sus vidas; incluso debajo del uniforme ya vestían sus atuendos de adolescentes, lo cual les daba más emoción. Algo que nunca en sus vidas hubieran imaginado es que esto les salvaría la vida.

-¡Verónica, no lo puedo creer! ¡Nosotras podríamos estar debajo de los escombros! ¡¿Estarán muertas?! -sollozaba y lloraba Montserrat, que estaba desconcertada y desecha por la situación.

Verónica sólo abrazó llorando a su amiga y le dijo:

-¡Estamos vivas! ¡Estamos vivas! -repitió muchas veces.

Ambas continuaron abrazadas hasta que llegó una monja, la hermana Fernanda, a consolarlas y darles auxilio porque se encontraban con algunos rasguños, moretones y el uniforme lleno de polvo.

-Tranquilas, niñas, están a salvo por gracia de Dios -en un tono muy maternal, aunque en el fondo las niñas sabían perfecto que, lejos de un milagro divino, seguían vivas gracias a una idea descabellada que parecía divertida.

Verónica era una niña muy bonita, incluso sus amigas decían que era igual de parecida que la Verónica de los famosos comics de Archie, pero que, a diferencia de ese personaje de historietas, ella era una niña súper buena y linda, quizás porque siempre fue educada por su padre, su abuela y tías, quienes, al morir su madre, se convirtieron en hadas madrinas para ella. Y justo en el inicio de una etapa adolescente donde todo lo prohibido parece muy retador, Verónica quizás sólo quería hacer a un lado esa imagen de niña buena y convertirse en una niña rebelde. Pero los valores de la familia y el sismo de ese momento definitivamente pareciera que hicieron madurar muchos años a Verónica y Montserrat en tan sólo un minuto y treinta segundos.

-No puedo creer lo que pasó y cómo es que salimos de esta -meditaba Verónica, que caminaba junto con su amiga Montserrat y la monja a la enfermería para obtener atención médica; ambas estaban más derrumbadas que el mismo edificio del colegio.

Al mismo tiempo, Gustavo y Héctor continuaban ayudando a mover escombros y poco a poco se sumaban más manos para ayudar, cuando, repentinamente, un mecánico le pidió a Gustavo que fuera a la enfermería del colegio para que le proporcionaran medicamentos para estar listos por si lograban rescatar alumnas. Gustavo, sin pensarlo, accedió, preguntó dónde quedaba la enfermería y se dirigió hacia allá. Fue entonces cuando, casi al llegar al lugar, se encontró con Verónica, Montserrat y la monja. Dentro de toda la confusión y tragedia del momento, Gustavo no pudo evitar el ver a Verónica; sintió que un halo de luz salía de ella y, pese a que estaba llena de polvo y con heridas leves, simplemente la vio hermosa. Gustavo quedó perplejo. «¡Guau! ¿Quién es ella?», se preguntaba, pero en ese instante una enfermera lo interrumpió preguntado qué hacía ahí y qué se le ofrecía. Él tardó en reaccionar, pero finalmente logró emitir palabras y explicó por qué se encontraba ahí. La enfermera amablemente le dijo que prepararía algunas cajas con algunos medicamentos, vendas y todo lo que médicamente pudiera ayudar.

Gustavo trataba de ver a Verónica, quien ya estaba siendo atendida, al igual que Montserrat. Ambas en ningún momento se dieron cuenta de la presencia de Gustavo y seguían juntas y más unidas que nunca. Gustavo entendió perfecto que no era ni el momento ni la ocasión para acercarse a ellas y que todo lo que estaba ocurriendo seguía completamente alejado de esa "brillante idea" que a Héctor se le había ocurrido, así que nuevamente se concentró y se llevó la caja de medicamentos que le había preparado la enfermera.

Al partir Gustavo, Montserrat, un poco más tranquila, le dijo a Verónica:

-¿Oye? ¿Viste al niño que estaba aquí en la enfermería? ¡No te quitaba los ojos de encima!

Verónica, algo confundida y extrañada, miró a su amiga y respondió:

-¿Qué niño? ¿Estás loca? ¡Ve todo lo que está sucediendo y tú pensando en "ligar"! ¡Piensa mejor en todo lo que nos espera, porque nos van a cuestionar porque no estábamos en el grupo!

Montserrat sólo asintió, dándole la razón a Verónica. Era un hecho que nadie en ese momento tenía claro en sus mentes qué estaba ocurriendo.

Gustavo llegó con la caja de medicamentos y para ese momento ya se encontraban policías, ambulancias, rescatistas, más mecánicos del hangar de autobuses y bomberos, quienes en realidad eran los súper héroes, y no los que Gustavo y Héctor habían planeado. Incluso habían sido relegados a los últimos de la fila, donde continuaban con su labor de quitar escombros. Los verdaderos héroes se encontraban en labor de rescate, pero, lamentablemente, la mayoría de las niñas habían fallecido y se concentraban en rescatar a las sobrevivientes, situación que incluso ya la prensa se encontraba tratando de cubrir.

Un comandante de la policía, al ver que esto se estaba convirtiendo en un evento algo morboso, concentró su atención en Gustavo y Héctor; su intuición le hizo sentir que ellos eran ajenos al colegio y se acercó con los dos chicos.

-¿Ustedes quiénes son y qué hacen aquí? -preguntó el comandante y dejó paralizados a los dos amigos.

-Oficial, veníamos pasando por aquí cuando ocurrió el temblor y nos quedamos a ayudar -respondió Héctor bastante nervioso.

El oficial, sin perder su pose de autoridad, en el fondo sintió cierta admiración por ellos y simplemente les explicó que debían abandonar el lugar por cuestiones de privacidad y que, si no tenían ningún vínculo con las alumnas, lo mejor es que fueran ayudar a otro lugar.

-Lo que hicieron, muchachos, fue admirable. Gracias.

El oficial se alejó, al igual que Gustavo y Héctor, que abandonaron el lugar. Pero Gustavo, al pasar cerca de la enfermería del colegio, no pudo evitar el buscar discretamente a

Verónica y Montserrat, pero definitivamente su atención se centró en Verónica.

-¡Héctor, no sabes! ¡Vi a una niña hermosa en la enfermería! Al parecer, lograron salir ilesas del sismo, ¡pero te podría decir que era un ángel! -entonces Héctor se detuvo.

-¿Dónde la viste? ¿Regresamos a buscarla? ¿Está buena?

Pero Gustavo se incomodó con las preguntas.

-¡No seas cabrón! ¿No ves cómo está el desmadre? Sería muy arriesgado regresar. Además, el poli ya nos echó el ojo. Sólo puedo decirte que es la niña más bonita que he visto.

Héctor, que era más irreverente e incluso más atrevido que Gustavo, sólo preguntó:

-¿No le sacaste nombre y teléfono?

La mirada de Gustavo lo dijo todo, pero en realidad la pregunta de Héctor no parecía tan imprudente, considerando que 3 horas después del sismo ambos no tenían idea de la magnitud de cómo esa catástrofe estaba afectando a la ciudad. Aún no tenían idea de qué había pasado. En realidad, todo era confuso entre la inocencia de adolescentes y la realidad. Aquello sería un evento que marcaría a muchas generaciones.

-Olvídalo, Héctor. Yo creo que hay que ir cada quien a su casa a ver cómo está todo mundo y más tarde hablamos o nos vemos mañana. Salúdame a tu jefa y a tus hermanos; ¡espero que todos bien!

Héctor también se despidió de Gustavo, pidiendo también que saludara a su familia. Acordaron también buscar a todos los amigos para saber que estuvieran bien. Y cuando Gustavo dio la vuelta, Héctor simplemente le gritó:

-¡No te la vayas a jalar pensando en la misteriosa niña que conociste! -exclamó junto con una enorme carcajada que también contagió a Gustavo, pero éste, al continuar caminando, no pudo evitar el seguir pensando en Verónica.

Como la mente de Gustavo tenía una gran conexión con la música de esa época, comenzó a sonar una balada del grupo Foreigner: *Wating For a Girl Like You,* una melodía con un tono un tanto melancólica, algo triste, pero muy acertada para ese momento que cambiaría muchas cosas para Gustavo y Verónica.

Efectivamente, Verónica y Montserrat fueron interrogadas en la enfermería por la directora del colegio, la madre superiora, así como por una orientadora psicóloga. Fue Montserrat la que, como buena adolescente y con habilidad mental, respondió:

-¡Perdón, madre superiora! Pero es que justo cuando nos dirigíamos al salón me llegó el período… y Verónica me iba auxiliar porque yo no tenía toallas femeninas.

Tal argumento no dejó completamente satisfecha ni a la madre superiora ni a la psicóloga, quien hizo una pregunta que sacó de balance a ambas niñas.

-Muy bien, Montserrat. Sólo no tengo claro por qué debajo del uniforme traen puesto ropa de civil. ¿Me podrían explicar?

En ese instante, tanto Montserrat como Verónica quedaron congeladas y comenzaron a titubear, pero fueron interrumpidas por la monja Fernanda llegando apresuradamente a la enfermería para avisar que habían rescatado a las primeras 5 niñas del grupo de sobrevivientes.

-¡Madre superiora! ¡Rescataron a 5 alumnas! ¡La necesitamos porque la policía y la prensa necesitan saber quiénes son!

Inmediatamente, la madre superiora suspendió el interrogatorio, pero la psicóloga sólo volteó con las niñas y les dijo:

-Hablamos ya que estemos más tranquilas todas.

Verónica y Montserrat suspiraron aliviadas.

-¡No mames, Montserrat! Casi nos hacen confesar, ¡aunque reconozco que la historia de la toalla femenina fue una gran salida! Pero debemos pensar qué diremos de por qué teníamos los jeans abajo del uniforme.

Entonces Montserrat, entre los nervios y para romper la tensión, contestó:

-Mira, Vero…, decimos que nos íbamos a escapar con el niño que estaba aquí en la enfermería -y comenzaron a reír disimuladamente.

-¡Estás pendeja! ¿Cómo puedes pensar en eso en estos momentos? ¡Te digo que a ti la hormona te traiciona y sólo piensas en niños y en sexo!

Pero Montserrat, con esa habilidad mental, sólo dijo:

-¡No mames! ¿Y tú no? Está bien que estudiemos en una escuela de monjas, pero ¡no es para que te conviertas en una!

En ese momento, una secretaria fue a la enfermería para avisarles a las niñas que ya habían contactado a sus padres y que en breve pasarían a recogerlas para llevarlas a sus respectivas casas, lo cual les generó un enorme alivio. Pero, antes de que esto sucediera, ambas fueron al baño para quitarse la ropa que tenían debajo del uniforme, simplemente para que sus padres no sospecharan que habían pensado en escapar de la escuela.

Gustavo estaba bastante preocupado por su familia. Regresó a casa de su padre para trata de llamar a casa de su madre, pero, a raíz del sismo, muchas de las líneas telefónicas se habían desconectado. La comunicación era prácticamente imposible en varios puntos de la ciudad. Incluso causaba asombro ver largas filas en los teléfonos públicos porque todo mundo quería saber de sus familiares. Entonces Gustavo, al no tener éxito en la llamada, decidió ir hasta la casa de su madre, que vivía a 30 minutos de ahí. Incluso Gustavo reflexionó que, desde la separación de sus padres, su lugar correspondía en casa de su madre, justo a los 17 años, cuando en la vida de un adolescente pareciera que nada es más importante que los amigos, ni siquiera la propia familia, razón por la que decidió quedarse a vivir con su padre, que en realidad para Gustavo era como vivir prácticamente solo; su padre siempre salía muy temprano y llegaba muy tarde. El temor de alejarse de sus amigos y, de alguna forma, la "presión social" de ya no vivir en el mismo barrio hizo que Gustavo no saliera de su área de confort. «Ya ni la jodo… Debería estar con mi mamá y mis hermanos, no con el ogro de mi padre», pensó. Toda esa reflexión lo acompañó mientras viajaba en el transporte público. También durante el trayecto, Gustavo sintió un ambiente tenso por parte de los pasajeros. El sismo cada vez dejaba más en claro en Gustavo y en mucha gente que había sido de una enorme y terrible magnitud.

Minutos más tarde, Gustavo se encontraba ya en la calle de la casa de su mamá y fue un gran suspiro ver el auto de ella estacionado.

-¡Ufff, qué bueno que mamá está en casa! -dijo, sintiéndose aliviado.

Al llegar a la entrada de la casa, justo su madre se disponía a salir y Gustavo inmediatamente lo que hizo fue abrazarla. La madre de Gustavo reaccionó un poco desconcertada.

-¡Hola, hijo! ¡Pero qué efusivo! Parece que no me habías visto en años.

Entonces Gustavo se percató de que, a pesar del temblor, su madre no estaba 100 por ciento al tanto de lo sucedido y comenzó a relatar todo lo que él había vivido a 5 horas después del sismo.

Una vez adentro, su madre lo tranquilizó un poco, y se sintió aún más sereno cuando vio a su hermano Jorge y a su hermana Karla, quienes, al parecer, no tenían una idea del todo clara acerca del sismo. Gustavo, que era el menor de los 3, comenzó a relatar lo que había vivido y todo lo que había sucedido en la ciudad. Poco a poco, escuchando el relato de Gustavo, la familia comenzó a atar cabos y entender por qué muchas comunicaciones se habían cortado, porque la desinformación, al menos de los vecinos, junto con las noticias que lograron escuchar en la radio coincidían con el relato de Gustavo.

Karla no podía creer lo que había ocurrido en el Colegio Mundial, y más porque ella fue ex alumna de la primaria. Toda la familia sintió una cierta melancolía y tristeza por lo sucedido.

–¿Lograste ver a las alumnas que rescataron? Porque algo dijeron en las noticias -preguntaban todos.

-Incluso se habló de dos niñas que al parecer llegaron tarde o algo así y se salvaron -comentó Karla a todos.

En ese instante, Gustavo relacionó que esas niñas definitivamente eran las que él vio en la enfermería. Con cierta emoción, también Gustavo narró esa parte de la historia y todos, incluso a manera de broma y burla, empezaron a molestarlo. Bien dicen que las madres son sabias, porque la suya inmediatamente le preguntó a Gustavo:

-¿Y no será que tú y Héctor fueron sólo para poder conocer a las niñas de ahí? Si no los conociera…

A lo que Gustavo, en una muy mala actuación, sólo contestó:

-¡Por supuesto que no, mamá!

En ese momento, Jorge, su hermano, que era un gran fan de grabar programas en la video casetera formato beta que la madre de Gustavo había adquirido meses antes, y que parecía, más que un pasatiempo, una enajenación por grabar hasta el reporte del tiempo, le comentó a Gustavo que había grabado el segmento de la entrevista, a lo cual Gustavo sorprendido preguntó:

-¿Cómo? ¿Las entrevistaron?, ¿a esas dos niñas?

Jorge caminó hacia el televisor de la sala y se agachó para regresar la cinta.

-Mira, estoy buscando esa parte. Mmmm, creo que es por aquí; sí, aquí está. ¡Mírala!

Entonces Gustavo se quedó paralizado porque vio justo cuando los padres de las niñas fueron a recogerlas y cómo la prensa las acaparó, haciéndoles preguntas mientras trataban de abrirse paso para llegar al coche. Pero, lejos de escuchar a los reporteros, Gustavo sólo miraba fijamente la imagen de Verónica.

-¡Es ella! ¿Verdad que está hermosa?

La familia sólo miraba a Gustavo como extrañados por la reacción.

-¡Vaya, sí que te dejó bien apendejado! -comentó Jorge.

Gustavo sólo trató de disimular esa sensación de emoción, pero al mismo tiempo tenía una cierta confusión, porque la tragedia, como muchas personas sentían, era un triste día para la ciudad. Incluso su madre y su hermana no le prestaron tanta atención. Su madre continuó trabajando en su negocio de venta de ropa, al igual que su hermana, que también seguía sus pasos, pues vendía jeans importados en un bazar muy popular de esa época que estaba situado en el estacionamiento de la Televisora del Canal 13 (hoy TV Azteca); muy concurrido en esos años.

-¡Oye, suspiros! -enunció Karla refiriéndose a Gustavo, que seguía viendo una y otra vez el video de la entrevista de Verónica y Montserrat-. Recuerda que el sábado abriremos el puesto del bazar. Tengo varios pedidos y citas, entonces sola no podré darme abasto, ¿okey? Aunque con todo esto del sismo espero que la gente sí vaya de compras.

Gustavo simplemente contestó:

-Sí, hermana… Ahí estaré.

Gustavo en realidad había olvidado que aquello era parte de sus deberes, pero también coincidió con Karla en pensar si la clientela estaría de buen humor como para ir de compras al bazar por lo sucedido en el sismo.

-Bueno, así sirve que me distraigo. Le voy a decir a la banda que se den una vuelta por el bazar. Y espero que el huevón de Héctor se quede un rato porque, cuando no hay venta, es súper aburrido estar ahí, aunque por lo menos podemos echar un taco de ojo -mencionó Gustavo y continuó viendo una vez más la cinta con el video de la entrevista.

Verónica, ya estando en su casa y un poco más tranquila, decidió platicar con sus tías; incluso les confesó que si se encontraba bien fue debido a que ella y Montserrat habían decidido escapar de clase. También les habló de cómo, escondidas en las escaleras del edificio, que fue la única parte que no se cayó, lograron salir prácticamente Ilesas. Las tías la escuchaban atentas y al mismo tiempo sorprendidas, pues ese relato simplemente hacía ver que su sobrina había sobrevivido de milagro.

-Escucho lo que me dices, hija, ¡y no lo puedo creer todavía! No puedo imaginar siquiera todo eso que viviste…- dijo la tía Isolda y abrazó a su sobrina muy fuerte junto con sus otras tías en un abrazo grupal, lo cual hizo sentir mucho mejor a Verónica.

-No le digas nada a tu padre sobre esa idea de escapar del colegio; creo que la historia de la emergencia del periodo de Montserrat será la mejor versión y la versión original será nuestro secreto, ¿okey? -dijo la tía Imelda en complicidad con su hermana y Verónica, quien simplemente asintió.

Las tías de Verónica siempre la consentían mucho, y más por tratarse de la única hija de su hermano y única sobrina; hacían todo por tenerla siempre protegida, como si cada una de las dos tías fuera una madre.

-Creo que necesitarás descansar y distraerte. Aún no han dado indicaciones en la escuela de cómo regresarán a clases, pero por lo pronto debes estar tranquila. Tal vez puedes invitar a Montserrat a dormir aquí, claro, si sus padres le dan permiso.

A Verónica le pareció una gran idea; era evidente que el lazo entre las dos amigas sería todavía más fuerte con lo sucedido. Incluso la tía Imelda le propuso algo que ningún adolescente podía rechazar:

-¡Se me ocurre también que el sábado las podemos llevar al bazar de Peri trece! Así las dos también se podrán distraer comprando algo.

La propuesta definitivamente entusiasmó a Verónica porque los bazares definitivamente se habían convertido en puntos de encuentro y entretenimiento para los adolescentes, digamos que eran como de los pocos lugares de la época a los cuales la gente adulta no acudía. Verónica no perdió un instante para marcarle inmediatamente a Montserrat y decirle el plan que las tías propusieron, quien, sin pensarlo, aceptó.

-¡Qué buena idea! Cómo me encanta ir al bazar. Además, podré buscar un cinturón fosforescente para que haga juego con mis mallones nuevos y creo que, mmmm… ¡me hace falta conseguir un novio nuevo, ja, ja, ja, ja, ja!

Verónica simplemente se rio.

-¡Es que no mames, Verónica! ¡La cantidad de niños que van al bazar!

Montserrat se visualizaba perfecto ese próximo sábado en el bazar, incluso parecía que aquel sismo de hace unas horas, de 8.1 puntos en la escala Richter, jamás había sucedido.

-¡Estás loca de verdad, Montserrat! Sólo piensas en niños y ligues. Se trata de distraernos, ¿okey?

Pero Montserrat contestó:

-¡Claro que no pienso sólo en eso! ¡También están los perfumes y los relojes Swatch!

Nuevamente, las dos estallaron en carcajadas.

Era muy claro que ese día los habitantes de la Ciudad de México tenían sentimientos encontrados, ya que la información de la tragedia llegaba a cuentagotas y nadie sabía exactamente la magnitud y los detalles de los hechos. Entonces para muchas personas la vida continuó como si nada.

CAPÍTULO 2

CUANDO PASE EL TEMBLOR

El 19 de septiembre de 1985, la Ciudad de México vivió una de las más grandes tragedias en su historia, que no había vuelto a vivir desde el 28 de julio de 1957.

Con dedicación y respeto este capítulo a todos los que vivimos aquel día en la Ciudad de México un sismo de 8.1 grados que, además de sacudir los cimientos de una gran ciudad, también sacudió los cimientos de toda una generación que, ante la tragedia, demostró la más grande solidaridad de la población, especialmente los jóvenes.

Viernes 20 de septiembre de 1985:

Así como Verónica, Gustavo y la gente, en general, de la Ciudad de México estaban hechos a la idea de la fuerte tragedia del día anterior. Ya con la señal de televisión restaurada, todos miraban incrédulos cómo diferentes puntos de la ciudad habían colapsado, pero al mismo tiempo, la sensación era de cierta paz para los que no sufrieron una pérdida. Pero esto también motivó a esparcir bromas bastante negras sobre el terremoto, que, como bien sabemos, si de algo se pueden reír los mexicanos, es de la muerte y las tragedias.

-¡Ey, amigos! ¿En qué se parece una dona a la Ciudad de México? -preguntó Luis al grupo de amigos de Gustavo-. ¡En que ninguno de los dos tiene centro!

La carcajada grupal explotó.

Gustavo, Héctor y los demás amigos se habían reunido afuera de casa de Luis Santa María junto con Jorge Tamborell, amigos y vecinos desde niños, pero también compañeros de juego, fiestas, cine, vacaciones etc. La amistad ya era más una hermandad y siempre estaban unidos. Luis había llevado su coche: un Renault 18 bastante equipado y, por supuesto, con un sistema de audio que pareciera sacado de alguna discoteca del momento. La música ambientaba la reunión callejera de este grupo.

-¡No mames, tembló culerísimo! -afirmaba Luis-. Dicen que a la vuelta del Colegio Mundial, en el hotel de paso que se cayó, ¡estaba una alumna del colegio con su güey!

Y todos al unísono respondieron:

-¡No mames, Luis!

Incluso comenzaron a burlarse.

-¡Sí, es la neta! ¡Salió en las noticias! Hasta intentaron entrevistar al dueño del hotel y a la madre superiora para que cantaran la sopa, ¡pero sólo se hicieron pendejos!

Jorge interrumpió la crónica de Luis.

-¿Y no vieron la entrevista de las chavitas que la libraron? ¡Creo que por ir al baño llegaron tarde a la clase y el temblor les tocó justo en las escaleras! ¡Qué suerte!

Inmediatamente, Gustavo intervino en el comentario.

-¡Sí! ¡Yo las vi! ¡Estuve a metros de ellas!

Ahora Gustavo comenzaría el relato de Verónica y Montserrat con sus amigos. Incluso Luis entró a su coche a bajarle a la música justo cuando sonaba una canción que a todos les gustaba del grupo The Police, *Every Breath You Take*, para escuchar el relato. Y como si Gustavo fuera un anciano brujo de una tribu, todos ponían atención; la participación de Héctor complementaba con comentarios a veces un poco alejados de la verdad.

-¡Sí, no mamen! ¡Éramos los únicos ayudando! De hecho, estábamos a punto de entrar en el edificio que se colapsó, pero unos mecánicos de la ruta 100 de autobuses urbanos no nos dejaron -aseveró Héctor.

El comentario creó un silencio e inmediatamente, otra carcajada de grupo explotó

-Bueno… Estuvimos discutiendo quién entraba -comentó Héctor, justificando su aporte a la historia de Gustavo.

-¡Ya, güey! ¡Sigue contándonos de las chavitas! -exigían los amigos, porque la mayor intriga era saber más de las dos niñas que, sin desearlo, se habían vuelto, de cierta manera, famosas por la mala experiencia del colegio-. ¿Y luego, güey? ¿Qué? ¿El nombre? ¿Te dio teléfono? ¿Dónde vive? ¿Nada?

Gustavo terminó explicándoles que, efectivamente, sólo las vio de cerca, pero nunca hubo ningún contacto.

-¡No seas mamón! ¡Entonces ni las conociste! Y tú todo pinche emocionado, ja, ja, ja, ja, ja -dijo Luis burlándose del relato de Gustavo.

La situación puso incómodo a Gustavo.

-Bueno, nunca dije que las conocí, sólo que las vi. Especialmente, una me encantó…

Los amigos decidieron ya no seguir molestando e inmediatamente el grupo cambió el tema. Héctor, el mejor amigo de Gustavo, sólo le dio una pequeña palmada en el hombro como dándole a entender que no pasaba nada, y para desviar su atención le dijo:

-Oye, Gustavo, mañana sí te acompaño al bazar con tu hermana. Pero ¿cuánto tiempo vamos a estar? Porque la vez pasada llevé mi Walkman y las baterías ya estaban bajas, ¡y qué pinche aburrida!

Gustavo meditó el comentario y le dijo que estarían desde la mañana hasta las 4 de la tarde, y al mismo tiempo también le dio gusto saber que Héctor lo acompañaría. Por su parte, Luis y Jorge también comentaron que se darían una vuelta por el bazar porque Luis compraría algo para su coche. Nuevamente, el grupo de amigos regresaba a su rutina habitual: estar en la calle, escuchar música proveniente del coche y tomar un refresco. Parecía que el tema de sismo ya había sido olvidado.

Mientras tanto, en casa de Verónica, ella se encontraba con su padre y sus tías platicando de las consecuencias que estaba dejando el sismo. Estaban en la cocina porque Isolda e Imelda preparaban la cena; generalmente a las 8 de la noche cenaban, un horario no común de la época, pero la madre de Verónica era norteamericana y los acostumbró, entonces, de alguna forma, todos se habituaron a ese horario.

-¿Entonces te sientes mejor, hija? -preguntó el padre de Verónica.

Ella contestó que estaba mejor, pero, a pesar de que sólo habían pasado más de 24 horas, ya se sentía incómoda porque familiares, amigas y vecinos todo el día llamaron o fueron a visitarla para ver cómo seguía. Sumado a esto, aunque ya no con la misma intensidad del día anterior, todavía llegaban un par de reporteros a tratar de seguir cubriendo la noticia.

-No es que me sienta la importante, papá, pero de verdad que me ha costado trabajo asimilar todo esto. Jamás hubiera imaginado que esto sería tan grave.

El padre de Verónica entendió perfecto y, al igual que sus hermanas, decidió no tocar el tema; lo desviaron mencionando que el siguiente día las tías llevarían a las niñas al bazar para que se distrajeran un rato.

-¡Qué buena idea, hermanas! ¿Y sabes, hija? Te hará bien. De hecho, me comentó un compañero de la oficina que sus hijas fueron el fin de semana pasado y encontraron excelentes cosas, incluso es como ir de compras a un centro comercial en Estados Unidos. ¿Sí es así?

Verónica sólo le dio cierta gracia el comentario porque, definitivamente, su padre no tenía idea de lo que el concepto de bazar significaba y, sobre todo, lo que representaba para un adolescente. Incluso sus tías también rieron un poco y le explicaron el concepto.

Eran ya casi las 20:00 de la noche. De repente, Verónica se desconcentró de la plática y comenzó a sentirse, según ella, algo mareada, pero un gran silencio se apoderó de ellos, hasta que una de las tías gritó:

-¡Está temblando otra vez!

Toda la familia, junto con la señora de la limpieza, quedó petrificada, y, por supuesto, más Verónica.

-¡Todos afuera! -ordenó el padre.

Rápidamente, todos salieron al jardín, pero Verónica se aferró a su papá. Las tías oraban en voz baja, la señora de la limpieza lloraba y definitivamente todos estaban muy asustados.

Cuando comenzó el temblor, Gustavo y sus amigos quedaron congelados. Fue Jorge quien rompió ese hielo.

-¡No mamen! ¡Otra vez está temblando!

El grupo de amigos se mantuvo casi casi pegado el uno al otro, y como se encontraban en la calle, esta vez observaron cada detalle, como los árboles y postes moviéndose muy fuerte. Esta vez de inmediato la calle se llenó de vecinos que salieron para protegerse en caso de un derrumbe. Definitivamente, el caos y el pánico se apoderaron una vez más de la Ciudad de México.

Una réplica de 7 grados en la escala de Richter sacudió a la Ciudad de México, pero esta vez la duración fue de 4 minutos, ocasionando que en algunos edificios fracturados o colapsados se reiniciarán otra vez las tareas de rescate y mover escombros. La gente no podía creer que esto sucediera otra vez y, evidentemente, el pánico y el miedo se volvieron colectivos esa noche.

Una vez que terminó el sismo de 4 minutos, que para muchos duró una eternidad, todo mundo comenzó a sintonizar las noticias en sus televisores, en la radio y también del boca en boca de quienes se encontraban en las calles. Ya nadie quería entrar a sus casas; eran presas del miedo de que cualquier estructura de cayera. Pero entonces un espíritu de solidaridad se apoderó de todos los capitalinos para ayudar a quienes se encontraban en desgracia; principalmente, esto se dio con la población joven del país. La movilidad de todos ellos inmediatamente invadió aquellos puntos donde se necesitaba ayuda, llevando comida, ropa, cobijas y herramientas. Muchos se quedaron en esos puntos para quitar escombros, dando un apoyo increíble a la policía, los bomberos, los rescatistas, la Cruz Roja e incluso al mismo ejército.

-¡No seas mamón! ¡Se sintió horrible, cabrón! -decía Luis muy efusivo y lleno de pánico, al igual que el resto del grupo de amigos.

-¡Oigan, cabrones! ¡Deberíamos echarle la mano al edificio que se colapsó en Tlatelolco! -propuso Gustavo y todos, sin pensarlo, accedieron.

Afuera de la casa de Jorge, que era donde se encontraban los chicos, se organizó con los vecinos de la calle para hacer despensas y cobijas, pero no sin que antes la madre de Jorge le dijera al grupo de amigos que llamaran a sus casas para ver si todo estaba bien y lo que estaban planeando hacer; incluso, como buena madre mexicana, les preparó unos sándwiches a los 4 amigos.

-¡Güey! ¡Es la primera vez que tu mamá no te la hace de pedo para salir! -discretamente le dijo Héctor a Jorge y todos se aguantaron las ganas de reír.

Gustavo llamó a su casa y afortunadamente todos estaban bien y no había ninguna señal de emergencia. Karla, su hermana, fue quien tomó la llamada para que ambos se pusieran al corriente de la situación.

-Okey, Gustavo, yo le aviso a mamá. ¡Dice que con mucho cuidado! ¡Ah! Y por cierto, cabroncito, no se te olvide que mañana vamos al bazar, ¿okey? Y si el huevón de tu amigo Héctor va a ir, también va a ayudar. ¿Entendido?

Gustavo acordó que era un compromiso y que no le fallaría, entonces terminó la llamada y se incorporó con sus amigos para así ir a llevar la ayuda que los vecinos habían preparado.

Al terminar el sismo en casa de Verónica, tanto su padre como sus tías se quedaron un rato más en el jardín; tal parecía que les daba miedo volver a entrar a la casa.

-¿Crees que sea seguro, Fernando? -preguntó la tía Imelda y las 4 mujeres ejercieron cierta presión con la mirada, esperando que la respuesta del padre de Verónica fuera lo más alentadora y positiva posible.

-Creo vamos a quedarnos otro rato aquí en el jardín, pero voy a entrar por el teléfono y haremos llamadas desde aquí.

Las tías se sorprendieron un poco con la idea del padre de Verónica.

-¡Fernando! ¡Pero el cable no va a llegar hasta acá! En un tono muy alto exclamaron las tías.

Esta frase rompió un poco la tensión del grupo porque, ante la ingenuidad de las tías, Verónica disimuló no burlarse de ellas.

-¡No, tía! ¡El teléfono es inalámbrico! No necesita el cable -las tías quedaron sorprendidas ante la tecnología del aparato-. ¡Y a ven que parece el juguete de papá!

El padre de Verónica entró a la casa, tomó el teléfono y aprovechó también para encender el aparato modular (el sistema de audio), que contaba con dos enormes bocinas de madera, para que el audio llegara hasta el jardín y sintonizó alguna estación de noticias para ver qué estaba sucediendo.

-¡Este teléfono es una maravilla! Sí tenemos línea; voy a marcarle a la familia -comentó el padre de Verónica.

Mientras los 5 integrantes de la familia se sentaron en la mesa del jardín, Verónica se sentía mucho más segura que el día anterior, pero definitivamente estaba preocupada como el resto. «Espero que los escombros y la estructura del colegio no haya pasado algo más grave», meditó Verónica internamente mientras sujetaba de la mano a su padre.

Por otro lado, Gustavo y sus amigos tomaron camino hacia un edificio muy grande en el centro de la ciudad, donde estaban informando que los damnificados necesitaban cobertores y agua porque prácticamente más de 60 familias habían perdido sus departamentos. Aunque los 4 amigos se sentían como comandos de alguna película de guerra o policías de alguna serie de la televisión de la época, también había cierto miedo y temor dentro de cada uno, pero ninguno lo manifestaba por fuera.

-¡¿Ya vieron?! ¡Se cayó el Hotel Imperial!, ¡y el edificio de enfrente! -gritó Luis y los 3 amigos miraban asombrados.

Incluso la vialidad se redujo a sólo un carril porque elementos de la policía y bomberos se encontraban coordinando las labores de rescate. Las avenidas y calles afectadas estaban llenas de piedras, polvo y lo más sorprendente era que había un silencio que era bastante escalofriante.

Llegó un momento en que el tránsito estaba parado y un soldado se acercó al coche de los amigos.

-No pueden seguir, está cerrada la calle -dijo el soldado con un tono bastante serio y autoritario.

-Sólo venimos a entregar despensas y cobijas, oficial -respondió Jorge algo nervioso.

El soldado miró al interior del coche sin demostrar ninguna expresión.

-Estacionen su coche del lado derecho. Van a caminar de frente 2 calles y luego en la calle de Madero ahí está el centro de acopio. Deben ir en silencio. ¡No pueden entrar a viviendas dañadas o locales comerciales! Dejan las cosas y regresan por el mismo camino. Está prohibido fumar; no sabemos si hay fugas de gas y cualquier flama puede volar el lugar. ¡Entendieron!

En ese momento los cuatro amigos se sintieron verdaderamente como soldados de Vietnam de alguna famosa película del momento y contestaron:

-¡Sí, señor!

El soldado no supo si reír o llamarles la atención, pero entendió que había sido una reacción espontánea e incluso logaron sacarle una muy pero muy ligera sonrisa.

Cuando estacionaron la camioneta de la madre de Jorge, que venía repleta de cobijas y despensas, comenzaron a organizarse para no hacer doble viaje, pero la realidad es que el lugar donde se habían estacionado estaba solo y ese silencio del que se habían percatado anteriormente era aún más grande al estar ahí. Ninguno de los cuatro hablaba; con la mirada se entendían perfecto. Estaban mejor coordinados que una cuadrilla de rescate y, claro, se encontraban muy nerviosos. Justo en ese momento, Héctor sacó una cajetilla de cigarros, tomó uno, llevándolo a su boca, y buscó su encendedor, pero inmediatamente los otros 3 amigos gritaron enérgicamente:

-¿Estás pendejo? ¡Hay fugas de gas!

Inmediatamente, Héctor tiró el cigarrillo y guardó el encendedor.

—¡Okey! ¡La cagué!¡Estoy nervioso! Y no griten, recuerden que debemos ir en silencio…

Los 4 amigos se calmaron y comenzaron a llevar las cosas al centro de acopio, pero conforme caminaban, con ese silencio entre los escombros, Gustavo no pudo evitar cantar en voz baja una canción que ahora era un éxito en México y que, sin querer, tenía que ver con el momento, *Cuando Pase el Temblor*, del grupo Soda Stereo. Pero el resto de los amigos sólo miraron fijamente, exigiendo que dejara de cantar. Sin embargo, en la mente de los 4 amigos la letra de la canción seguía sonando porque parecía escrita para ese momento; acompañaba a los amigos, caminando entre los escombros de esas calles solitarias.

En casa de Verónica parecía que la calma poco a poco llegaba a la familia, y después de que todos hicieran llamadas al resto de los familiares y amigos, decidieron entrar a la casa. Cuando parecía que el teléfono había terminado su labor, entró una llamada. Se trataba de Montserrat, que buscaba a Verónica; la tía Isolda inmediatamente la comunicó con ella.

—¡Vero! ¡No mames! ¡¿Qué pedo con la madre naturaleza?! ¡Ahora sí hasta me hice pipí del susto! Pero… ¿tú estás bien? No sabes cómo volví a vivir lo que pasó ayer en el colegio…

Ambas quedaron en silencio.

—Sí… Yo también volví a sentir lo mismo, pero, bueno, afortunadamente estamos bien.

Verónica se instaló en el sofá de la sala y continuó platicando con su amiga.

-Oye, güey, ¿supiste que también un edifico de departamentos muy grande, cercano al centro, se cayó? Dicen que muchas familias perdieron sus casas y ahora están en la calle.

-¡Sí, escuché las noticias! Papá puso la radio para ver qué está sucediendo, pero dicen que ha llegado mucha gente a ayudar; a mí también me gustaría -suspiró Verónica, pero fue interrumpido por la frase de Montserrat.

-Sí, fue lo que escuché, pero vi en las noticias que muchos chavos fueron a ayudar y había algunos muy guapos -ahora Montserrat era la que suspiraba-. ¡Con un chavo así, por supuesto que andaría con él! ¡Imagínate! ¡Qué valor para ir ahora hasta allá! Te apuesto que tu pretendiente, el fresita de Alex Herrera, ya parece que va a ir… Seguramente, está en algún video bar o en el Magic bailando. Oye, ¿y por lo menos te llamó?

Verónica un poco molesta contestó:

-¿Alex? ¿Mi pretendiente? Pues fíjate que ninguna ni otra, ni es mi pretendiente y mucho menos me llamó… Me encantaría que algún pretendiente se preocupara por mí…, pero Alex es el señor "las traigo muertas a todas".

En ese momento, Verónica recordó cuando Alex la invitó a salir casi 3 meses antes con el pretexto del famoso concierto Live Aid, todo adolescente en el mundo quería ser parte de ese suceso, y se remontó a esa fecha.

Sábado 13 de julio de 1985:

-*Sorry*, Vero, pero el inútil del chofer no le puso 2 capas de cera al coche de mi papá, ¡y qué oso salir con el coche sin encerar!

Verónica sólo lo escuchó un poco incómoda porque parecía que el coche último modelo de su padre era más importante que decirle un simple: "¡qué bonita te ves!". Parecía que esto era el augurio de una velada nada interesante.

-No te preocupes, Alex, gracias por la invitación. ¡Seguramente será un gran evento!

Alex, que estaba más preocupado por el casete que introducía en el radio del auto, parecía que no había escuchado o sentido ese entusiasmo de Verónica.

-¡Ojalá que Baltimora toque *Tarzan Boy*! ¡Ese grupo debería abrir el evento!

Verónica sólo suspiró y contestó.

-No lo sé, Alex... Este concierto sólo reunirá a lo mejor del rock.

Aunque Verónica no se sentía tan experta en materia de rock, sabía que cualquier adolescente de ese momento entendía lo que significaba este evento.

Llegaron a un bar de moda, se le conocía como video bar. No era un lugar exactamente para bailar, pero generalmente era para cenar y ver videos de MTV. Generalmente, por ser lugares de moda, siempre tenías que esperar mucho tiempo para ingresar.

-¡Popeye! ¡Qué pedo, güey! ¿Por qué tanto gato? Ya sabes, mesa de siempre. Y no nos hagas esperar, ¿okey?

Verónica se sintió bastante apenada con la gente que estaba esperando para entrar al lugar por los comentarios tan despectivos de Alex, y sentía que las miradas de las personas las hacían creer que ella era igual. Incluso no se sintió siquiera especial por el aparente "buen trato" que el lugar le daba a Alex, evidentemente generado por las influencias de su padre, que era socio del lugar. Para Verónica, este inicio de cita estaba muy alejado de lo que ella en su imaginación hubiera deseado; creía que con alguien disfrutaría este evento y se emocionaría cuando David Bowie o Madonna hicieran su aparición, o tal vez perdería la cabeza cuando Queen saliera al escenario. Pero, durante el evento, Alex en ningún momento le hizo caso y sólo fanfarroneaba con sus amigos y trataba de conquistar a chicas de otras mesas, creyendo que Verónica no se daría cuenta. «Debí quedarme en casa o ver el concierto con Montserrat», pensó decepcionada.

Verónica recordó que, sin más, en esa ocasión se levantó de la mesa y abandonó el lugar, pidiendo un taxi de sitio. Así fue como ese mal recuerdo la regresó a la llamada con Montserrat, quien tal vez, en este deseo loco de conocer pretendientes, no estaba tan errada, al mismo tiempo que la cuestionaba.

-Además, Montserrat, ¡¿no me digas que sólo viste las noticias para ver niños guapos ayudando?! Te digo que a ti las hormonas te traicionan. ¡Eres una piruja! ¡Ja, ja, ja, ja!

Las dos amigas comenzaron a reír.

-Oye, Verónica, ¿mañana sigue en pie que vayamos al bazar? Mi mamá me dijo que fuera, tal vez porque van tus tías -preguntó Montserrat y las dos hicieron una pausa porque la pregunta era interesante.

La ciudad estaba sacudida doblemente por los sismos, pero al mismo tiempo la gente no tenía claro que seguía en la vida cotidiana.

-Pues le acabo de preguntar a papá y cree que no es tan mala idea. De hecho, me dijo: "Hija, debemos seguir con nuestras vidas".

Evidentemente, como adolescentes con autorización de los padres de ambas, también secundaron el permiso, aun con toda la experiencia del colegio y del segundo sismo.

-¡Es más! -continuó Verónica-. Escuché en las noticias que en el bazar habilitarán un espacio como centro de acopio. ¡Podemos llevar cosas para apoyar! Y creo que eso me haría sentir mejor después de todo lo que ha sucedido.

Montserrat también se entusiasmó con la idea y continuaron planeando y organizando todo en la llamada para el día siguiente.

-¡Con suerte, tal vez conocemos a alguien! -dijo Montserrat, pero Verónica ya ni siquiera contestó, sabiendo cómo era su amiga, que, como bien le dijo, sus hormonas trabajaban a más de los que daban, porque sabía que mañana en el bazar, acompañadas de sus tías y llevando ayuda, sería sólo un pretexto para distraerse de lo que ella y su amiga habían vivido.

CAPÍTULO 3
TE CONOCÍ EN UN BAZAR
(PRIMERA PARTE)

En 1982, una fuerte crisis económica por la deuda externa golpeó a México, obligando a la población del país a buscar formas de subsistir. El comercio informal tuvo un auge a través del concepto de los bazares, y estos lugares promovieron una economía emergente que dio (y sigue dando) de comer a muchas familias.

Este concepto generó una economía de la que muchos no hablan, pero sin duda fue el inicio de muchos jóvenes que hoy en día son empresarios y profesionistas.

Este capítulo es un reconocimiento a todos los que fueron parte de este concepto, ya sea directa o indirectamente.

Sábado 21 de septiembre de 1985:

Sonó el despertador de Gustavo, quien parecía que lo peor que le podía pasar siempre era despertar. Aún estaba desvelado porque después de llevar la ayuda a los damnificados, él y sus amigos llegaron cerca de las 2 de la mañana, así que sólo durmió muy poco. Pero tenía un compromiso ya con Karla, su hermana, para ayudarle en la venta en el bazar. «¡Yo y mi bocota! Pero, bueno…, compromisos son compromisos. Y si no le ayudo a ella, mi mamá me pondrá ayudarle, así que a empezar otro sábado en el bazar», pensó. Gustavo comenzó con su rutina del sábado, cuando ayudaba a su hermana.

Los hermanos acomodaban los jeans y zapatos que Karla vendía y hacían inventario de todo. Karla, al igual que toda la familia, siempre fue muy independiente y las ventas para todos parecían haber sido el mejor aliado, consejero y sucesor de su padre, quien los abandonó 2 años antes. Para la madre de Gustavo no había sido fácil la situación, considerando que en la época un divorcio no era siempre bien visto; inclusive los padres de los mejores amigos de Gustavo llegaron a preocuparse porque sentían que él, con este proceso, podría convertirse en una mala influencia para sus hijos. Pero, al pasar el tiempo, fue más el temor ajeno hacia Gustavo, porque en realidad todo seguía normal, sólo que todos los miembros de su familia tuvieron que hacerse más independientes.

-Oye, Karla, ¿crees que con esto del sismo tengamos ventas?

Karla continuó metiendo la mercancía a las maletas y sabía que la pregunta de Gustavo realmente era buena.

-Pues espero que la gente, a manera de distracción, vaya a comprar. Además, cabroncito, ¡no hay venta, no hay paga!

Entonces los dos sólo se vieron y decidieron ya no tocar el tema, como buenos comerciantes adolescentes.

Cerca de las 9 de la mañana, se encontraban listos Karla y Gustavo, quien manejaría el auto de su hermana hacia el bazar. Durante el trayecto parecía un sábado como cualquier otro, pero de repente se interrumpía por el sonido de la sirena de las ambulancias o alguna patrulla. Era evidente que, con la réplica del sismo del día anterior, la movilidad de la ciudad no paraba.

-¿Tú crees que vuelva a temblar hoy? -preguntó Karla un poco angustiada.

-¡No! ¡Ya no invoques al diablo! No creo que la ciudad esté lista para otro temblor. Pensemos que todo estará bien.

En ese momento llegaron a su destino, al famoso bazar Peri 13. Al cruzar la entrada del estacionamiento se podía notar el ir y venir de todos los que tenían un puesto en ese bazar: camionetas con grandes maletas llenas de mercancías, como camisetas, jeans, zapatos, discos LP, comida, joyería, en fin, todo lo que un adolescente de la época necesitaba. Todo ese movimiento hacía sentir que días antes jamás sucedió un sismo; quizás la necesidad de generar ingresos de este segmento de la población hacía continuar con la vida o, efectivamente, era una forma de evadir lo que había pasado.

Gustavo se encargaba de montar el local con tubos, como si fuera una casa de campaña. Realmente, este concepto de lugares no requería de grandes producciones arquitectónicas. Incluso a Gustavo le remitía a una clase de historia de México en la que vio el tema de la economía de los mexicas, y recordaba perfecto cómo es que desde esas épocas el concepto de mercado o bazar ya era muy común.

-Espero que el pinche Héctor llegue. Quedó de estar aquí antes de media mañana. Así el día se pasará más rápido.

La visita de Héctor al bazar, efectivamente, haría más ameno el resto del día. A pesar de lo ocurrido en la ciudad, la gente estaba muy tranquila. Quizás se podía sentir un poco de silencio en general porque, de alguna manera, había como un cierto luto de la gente debido a la situación.

Cerca de las 11 de la mañana, en casa de Verónica, ella se alistaba junto con sus tías para pasar primero por Montserrat e ir al bazar. Y aunque ir a un bazar pareciera no tener relevancia para los adultos, para las adolescentes significaba ir con sus mejores *looks*. Incluso Verónica parecía que iría a una fiesta u otro lugar porque peinaba su enorme copete y lo fijaba con gel; había tardado en decidir si vestiría unos mallones o unos jeans. Incluso sus tías observaban cómo se arreglaba.

-Qué bueno que se está distrayendo con esta salida, así pasará más rápido el trago amargo del jueves en colegio. Aunque, bueno, parece que va a salir a una fiesta o conocer algún chico -dijo Imelda a su hermana, quien contestó de inmediato.

La hermana contestó de inmediato.

-¡Oye! Es sólo un bazar y va con su amiga, no creo que vayan en plan de conquista. ¡Aunque a esa niña Montserrat a veces creo que las hormonas de la adolescencia la están devorando! -aclaró la tía Isolda.

Ambas tías rieron, evitando que Verónica las escuchara.

-¿Oye, Imelda? Pero no vamos de chaperonas, ¿o sí?

Ambas se miraron confundidas porque, efectivamente, habían planeado llevarlas, pero sabían que ser chaperonas de las niñas no sería el mejor plan. Entonces decidieron dejarlas ahí y pasar después de un par de horas.

-Verónica, ¿crees que sea suficiente un par de horas en el bazar y que luego pasemos por ustedes?

Verónica meditó la pregunta y realmente sintió que dos horas en un lugar donde se concentraban muchos adolescentes tal vez sería poco tiempo, considerando que para los jóvenes el tiempo sí es relativo, y conveniente a sus intereses.

-¡Tías! ¿Y si nos dejan comer ahí también? Digo, así no tienen que preocuparse por la hora de la comida y Montserrat y yo podemos ver con calma, ¿sí? ¿Podemos?

Entonces las tías se miraron entre sí y les pareció una petición justa, así que ambas accedieron. Las 3 subieron al coche e iniciaron el camino a casa de Montserrat para después llegar al bazar.

A Verónica y Montserrat, al llegar al bazar, les tocaba ver la otra cara de la moneda que Gustavo y Karla su hermana no vivían al llegar al bazar por el acceso a proveedores. Ellas llegaban por la entrada principal, que inicialmente parecía una exhibición de automóviles de lujo o incluso autos clásicos completamente restaurados. Sonaba a mayoría de las canciones de la época porque una forma de anunciar que el mejor equipo de audio llegaba al bazar, quizás lo equivalente a cuando un grupo de cazadores llegaba a alguna aldea a intercambiar las presas de la cacería o la entrada triunfal de los caballeros en algún castillo. Se podía observar cuando las mujeres ingresaban al lugar, ya sea bajando de sus propios coches, del coche del novio o amigo, o de los coches de sus madres, que las llevaban y no se iban del lugar hasta que las hijas ingresaban al bazar. Parecía ser un desfile de moda. Había muchas niñas muy arregladas; era una combinación de colores vivos del guarda ropa, con accesorios que eran únicos de la época, como esos cinturones tan anchos que, lejos de ajustar, solamente adornaban las caderas de las niñas o ayudaban a ocultar esos kilitos de más que, según ellas, tenían. Lucían collares largos fosforescentes, algunas, sombreros, y otras usaban lentes oscuros de armazón blanco. Usaban aromas deliciosos de perfumes juveniles que las hacía lucir muy bonitas e incluso muy inocentes, a pesar de que, de repente, una que otra niña aparecía con su *look* más orientado a lo *punk*, o como si fueran réplicas de Joan Jett o Madonna, con sus 20 pulseras de caucho que cubrían desde la muñeca hasta el ante brazo, o un guante blanco de encaje en la mano derecha con una abundante cabellera, pero de un lado rasurado, como en señal de rebeldía.

Era común ver pequeños grupos de niñas, generalmente de 2 a 4, siempre caminar por los estrechos pasillos del bazar. No sabíamos si esta angostura era planeada para hacer que pareciera muy lleno el lugar, por un tema de logística de renta de espacios o simplemente algo no planeado que les daba ese toque característico a estos lugares, como si te hiciera sentir en un mercado de Marruecos, pero moderno y con tonalidades muy brillantes.

Por su parte, la mayoría de los hombres quizás no se esmeraban tanto por un vestuario tan detallado y sabían que unos jeans, unos buenos tenis y una camiseta de algún grupo de rock o una de esas playeras que parecían de algún equipo de rugby era la vestimenta ideal. Sin embargo, también estaban aquellos grupos de jóvenes algo rebeldes que imitaban el *look* de George Michael: jeans rotos, botas vaqueras, una camiseta blanca y una chamarra o gabardina, haciéndolos sentir como él, aunque, claro, en ese momento ignoraban que ese *rock star* era homosexual.

Todos los grupos de muchos estratos sociales coincidían en el bazar, y no sólo llegaban en coche, pues había quienes llegaban en sus bicicletas de ruta, en sus patinetas o incluso en transporte urbano. Al final, no importaba cómo llegaras, lo importante era estar ahí, porque tal vez, con suerte, encontrarías el disco LP importado de tu grupo favorito, pues sabías perfecto que el nacional tardaría unos 10 meses en salir a la venta. O bien, ibas a cambiar esos jeans por los que ahorraste 5 meses y cuando los compraste no los pudiste probar porque no había cambiadores y te diste cuenta de que la talla no era la correcta al llegar a tu casa. En fin, pretextos o motivos no faltaban para ir un fin de semana al bazar, y, generalmente, el mejor día era el sábado, porque el bazar podía ser la antesala de encontrarte a alguien, enterarte de una fiesta para la noche, comprar una falda para salir a cenar con algún prospecto o tal vez conocer a ese amor que nos marcaría en esos años. Aunque, por otro lado, Gustavo se encontraba ahí más por temas de obligación y economía; llevaba tiempo trabajando y juntando dinero para comprarse su primer coche. Entonces, para él, lo último que podía esperar era conocer a alguien y menos atendiendo un puesto del bazar.

Cerca de las 11 de la mañana, llegó Héctor al bazar para reunirse con Gustavo y Karla, que parecía más alegrarse de verla a ella que a su mejor amigo.

-¿Qué le ves a mi hermana, pendejo? -preguntó Gustavo, algo que generalmente hacía no sólo en el bazar, sino en todas esas ocasiones en las que su hermana coincidía con él.

-¡Sereno, moreno! ¿No me digas que prefieres que algún otro cabrón de por aquí o de quién sabe dónde sea el que la abrace? ¡Todo queda entre amigos! -contestó cínicamente Héctor.

Pero la mirada de Gustavo hacía entender que no estaba completamente de acuerdo.

-¡Estás muy pero muy pendejo! ¡Te lleva 4 años! Cumplió 21 y tú ni siquiera eres mayor de edad; ¡no creo que se fije en un niño que huele a pañales!

Entre bromas y verdades, los dos grandes amigos discutían el futuro amoroso de Karla. Evidentemente, a ella, lejos de molestarla, se le hacía bastante cómica la situación porque no contaban con la larga fila de admiradores que tenía tanto en el bazar como en su vida personal.

Verónica y Montserrat arribaron al bazar. Las tías, como responsables de las menores, no dejaban de darles todas las indicaciones posibles de rectitud y advertencias de no hacer nada que pudiera ponerlas en peligro. Para las dos adolescentes era evidente que por fuera ponían cara de atención, pero, por dentro, simplemente les urgía entrar al bazar, así que se despidieron de Imelda e Isolda y rápidamente caminaron a la entrada.

-Oye, Verónica, de verdad pareciera que aquí no sucedió nada, como si no hubieran ocurrido 2 sismos marca diablo. ¡Todos están como si nada!

Continuaron caminando muy tranquilas también en el interior del bazar.

-Sí, es verdad. Yo, siendo honesta, hasta creí que el día de hoy no estaría abierto el bazar.

Verónica, Montserrat, Gustavo, Héctor y toda esa gente joven que se encontraba ahí seguían con sus vidas como habitualmente lo hacían, quizás un poco porque la información de lo sucedido no fluía tan constante y sólo tenías algo de información en la radio; algunos esperaban algún noticiero de la noche y quizás los más intelectuales leían los diarios para enterarse de todo. Pero, al final, ese lugar, ese bazar, representaba para muchos adolescentes una especie de terapia para evadir por un momento la tragedia del jueves anterior.

-Oye, güey, qué fúnebre resultó ayer el llevar esa ayuda a los damnificados del edificio del centro, ¿no?

La frase dejó mudos por un instante tanto a Gustavo como a su hermana.

-¿Qué tal ese silencio de las calles?, ¿y los soldados corriendo de un lado a otro? -continuaba Héctor con su serie de preguntas a manera de relato.

-Oigan, rescatadores, ¿y esta vez no encontraron damiselas en peligro? -Karla no pudo evitar continuar su pregunta con una sonora carcajada, y los dos amigos se sintieron hasta apenados por la pregunta sarcástica de ella.

Héctor volteó a ver a Gustavo, que tampoco pudo evitar hacerle la pregunta, y tanto él cómo Karla ya sabían acerca de la "misteriosa" chica que Gustavo conoció en el temblor.

-Gustavo, ¿no soñaste con la niña misteriosa que te encantó? ¡Te aseguro que viste ese video que grabó tu hermano como 200 veces!

Karla y Héctor, en complicidad, no pararon de reír.

-¡Héctor, no seas cruel! No creo que lo vio 200 veces…, ¡yo creo que lo vio como 2000 veces! Ja, ja, ja, ja, ja, ja, ja.

Entonces ahora, nuevamente, los dos reían sin parar. Gustavo sólo se quedaba serio, incómodo y algo molesto, y simplemente se puso los audífonos de su Walkman y decidió ignorarlos. Pero mientras escuchaba esa canción nuevamente del grupo Foreigner, que coincidió en ese instante, Gustavo inevitablemente pensó en Verónica.

-¡Sí que estaba hermosa esa niña! -dijo y suspiró, acción que hizo reír más a su hermana y a su amigo.

-¡Montserrat! ¿No te acuerdas dónde estaba ese puesto donde vendían esas chamarras de mezclilla? ¿Será que no vinieron?

Montserrat, entre la multitud de los pasillos, trataba de buscar también ese puesto.

-¡No me acuerdo! Es que venimos hace como 3 semanas y pareciera que cada fin de semana los cambian de lugar. Pero recuerdo perfecto a la señora del puesto.

Las dos amigas continuaron la búsqueda de esa chamarra que tanto le había gustado a Verónica y, curiosamente, estaban a las espaldas del puesto de la hermana de Gustavo, quien parecía que con esa canción que escuchaba la había invocado para que ella apareciera.

Pasado de las 12 del día, el local de Karla estaba vendiendo muy bien y estaban muy aplicados Gustavo y Héctor ayudando a la venta, aunque los dos estaban enfocados más en la clientela que en los jeans que vendía su hermana, que eran un éxito. Y, como eran modelos para mujer, al local llegaban muchas chicas.

-¡Ves por qué amo a tu hermana! Además de tener una mente de calculadora Casio, me provee de todo tipo de fantasías con sus clientas.

Gustavo sólo contenía la risa.

-¡Cállate, cabrón, te van a oír! Ahora entiendo por qué no hay probadores… ¡por los enfermos como tú!

La mirada fuerte y profunda de Karla controlaba al par de amigos, quien sabía perfecto lo que pensaban; evidentemente, más Héctor, pero Gustavo también lo secundaba.

-¡A ver, calenturientos! Me encanta que estén ayudando, pero deben controlar más sus fantasías pervertidas porque me van a espantar a la clientela.

Sumisamente, los dos amigos le daban la razón a Karla, aunque Gustavo la miraba con esa intención de darle entender que era Héctor el pervertido.

-A ver, Hectorín, vamos a darte un respiro. Toma este dinero y ve comprar algo de comer a la sección de comida; yo quiero unos chilaquiles verdes y ustedes decidan qué van a pedir.

Gustavo hubiera preferido ser él quien se encargara de ir por la comida porque sabía que Héctor, estando ahí, se podría distraer viendo niñas o viendo equipo de audio para su coche.

-¡Oye, Karla, no! ¡Este cabrón va a llegar 2 horas después! ¡Mejor yo voy! Te prometo frente a este pervertido que se comportará bien.

Karla, que era muy alivianada, le creyó.

-Bueno, Hectorín…, pero ya deja de verle las nalgas a mis clientas, ¿okey?

Muy dócil y manso, Héctor asintió.

–Oye, Verónica, no encontramos el puesto de las chamarras, pero ya me dio mucha sed. ¿Y si vamos por un jugo y después seguimos con la búsqueda? ¿Te parece?

Esto resultó ser una buena idea, aunque no imaginaban que, a dos pasillos de ahí, también Gustavo se dirigía al mismo lugar. Sin embargo, otra persona también se encontraba en el bazar: el antipático Alex Herrera se encontraba con sus amigos y también se dirigían al área de comida. Tal parecía que sería un doble encuentro para Verónica.

-¡No puede ser! ¡Ahí está el imbécil de Alex! ¡No vayas a voltear! -exclamó Verónica.

Pero Montserrat, nada discreta e inconscientemente, hizo todo lo contrario.

-¡Miren a quiénes nos encontramos! ¡Las bellas Vero y Montse! ¡La Verónica y Betty de los cuentos de Archie versión mexicanas! ¡Las sobrevivientes del sismo! ¿O sea, qué onda con sus vidas? ¡Hasta en las noticias salieron! ¿No me dan sus autógrafos? Ja, ja, ja, ja, ja, ja, ja -exclamó Alex.

El resto de sus amigos secundaron los comentarios fuera de lugar, lo que no generó ninguna gracia para Verónica y Montserrat.

-¡Oye, qué idiota eres, Alex! ¡No fue ninguna experiencia agradable! -respondió enérgicamente Verónica.

Montserrat también se veía molesta y ambas amigas fueron por un momento el blanco de los comentarios desatinados del grupo de jóvenes.

-¡Ya, tranquilas, niñas! No fue para tanto. Además, véanlo como unas vacaciones en lo que arreglan su colegio. ¡No sé por qué hacen tanto drama! -contestó Alex muy indiferente.

Las dos amigas en verdad se sintieron bastante molestas y dolidas por los comentarios y comenzaron a discutir fuertemente con ellos, explicando que lo que había ocurrido fue una tragedia, y que si bien no todos sufrieron consecuencias, muchas personas perdieron hasta sus casas.

-¡No puedo creer que seas tan frío, Alex! -continuaba reprochándole Verónica a Alex ya en una discusión muy acalorada.

A unos metros de ahí, sin percatarse de la presencia de Verónica, Gustavo se encontraba comprando la comida que Karla y Héctor le habían encargado. Después cayó en cuenta de que sería un poco complicado llevarse los platillos hacia el puesto de su hermana. Para evitar un doble viaje, decidió llevarse todo en uno. Mientras tanto, veía cómo preparaban los platillos e incluso veía cómo vertían la crema en los chilaquiles; eso haría más complicado el trayecto. «Con mucha calma, Gustavo. ¡Mucha concentración para no chocar con nadie y llegarás a salvo con todo!», meditaba Gustavo. Como si fuera un malabarista de circo, él caminaba despacio para que no ocurriera algún percance.

-¡Ya, Vero! ¡No seas exagerada! Además, no sé por qué te preocupas por los demás. ¡A ti no te pasó nada ni perdiste tu casa! Mejor cálmate y déjame invitarte algo de tomar hoy en la noche. Vamos a ir al Magic y necesito pareja, ¿y qué crees? ¡Tú eres la ganadora! ¡Además, aún no se me olvida cuando me dejaste abandonado en Taco Bar cuando te invité a ver el concierto de Live Aid!

Verónica se sintió tan mal con los comentarios que, al ver que hablar con Alex no estaba funcionando porque estaba completamente embelesado con sí mismo, su arrogancia ya fue demasiado para ella, lo dejó hablando y sólo dio la media vuelta y corrió. Montserrat, desconcertada, no supo qué hacer y sólo dijo:

-¡Ya, ven patanes! ¡Se enojó! ¡Verónica, detente!

Montserrat también corrió atrás de ella, mientras que el grupo de amigos simplemente se reía de ellas.

-Ya libré dos pasillos; uno más y doy vuelta y unos cuantos pasos y llegaré. ¡Parezco mesero o esclavo de Karla y el huevón de Héctor! -dijo Gustavo.

Continuaba Gustavo con su trayecto, con ambas manos y brazos ocupados sujetando los famosos chilaquiles, que incluso aún humeaban, Pero, justo al dar la vuelta, como si fuera un golpe del destino, literalmente, Verónica corría hacia ese mismo punto donde Gustavo daría la vuelta. Iba apresurada e incluso empujando a la gente a su paso. Y justo cuando Gustavo dio la vuelta en el pasillo donde estaba el puesto de su hermana, ¡Verónica se impactó de frente con él! En la concentración de Gustavo y con el impacto, él sólo pudo ver como si todo se moviera en cámara lenta; inclusive podía ver cómo los totopos de tortilla volaban por el aire y la crema de los mismos se dirigía exactamente hacia su rostro.

El choque fue inevitable y ambos cayeron. Entre la sorpresa de la gente que los rodeaba, una vez en el piso ambos, la misma gente comenzó a reír porque Gustavo quedó completamente tapizado por los platillos en la cara y la camisa, quedando desconcertado, e inmediatamente comenzó a sulfurarse.

-¡Oye! ¿Qué te pasa? ¡Fíjate! ¿Acaso te robaste unos jeans o qué? ¡Mira cómo me dejaste!

Mientras que Gustavo se reponía del impacto y la situación, además de quitarse la comida de la cara, Verónica, que cayó de sentón, seguía en el piso también desconcertada; incluso todo ese coraje que tenía de la discusión de hace unos momentos lo olvidó. Ella comenzó a levantarse y rápidamente reaccionó.

-¡Lo siento mucho! ¡No fue mi intención! ¿No te lastimaste?

Gustavo, que poco a poco se reincorporaba del choque y la confusión, seguía en el piso sentado y sólo pudo distinguir la figura de Verónica a contraluz porque el Sol le daba justo de frente. Entonces, entre la cara llena de crema y la luz solar, sólo pudo distinguir la silueta de Verónica, pero su voz le hacía sentir que había chocado con una criatura celestial.

-¡Oye, no deberías correr así por estos pasillos! ¿Y sí vienes huyendo de algo? Porque tengo que aclarar que golpeas más fuerte que Franco Harris. ¿Tú estás bien?

Entonces Gustavo se fue reincorporando hasta ponerse de pie, y una vez que medio limpió su cara y miró a Verónica no pudo creer que se trataba de la misma niña que el jueves había visto en la enfermería del Colegio Mundial. Incluso inmediatamente se enmudeció y comenzó a ponerse nervioso, mientras que sólo veía cómo Verónica movía los labios, pero no escuchaba sus palabras. Incluso se llegó a sentir como si estuviera en primero de secundaria, cuando se armaba uno de valor y se atrevía a hacerle la plática a la niña más bonita del salón. Sin embargo, Gustavo no contó con que cuando sucedía eso en secundaria, justo comenzaba a cambiarte la voz y solamente emitías una voz entre aguda y ahogada. La misma situación le sucedió a Gustavo a sus 17 años cuando vio, ya sin la luz de frente, a Verónica. Efectivamente, el parecido con Verónica, la de los cuentos de Archie, era sorprendente.

Pareciera que en su mente Gustavo escuchaba la canción *Sugar, Sugar,* de ese grupo de los años setenta llamado The Archies. En ese momento olvidó que habían chocado, que la había visto dos días antes en su colegio; es más, había olvidado que dos días antes todo había sido a raíz de un sismo. Pero esa música y esa reflexión se vio interrumpida cuando, mezclada la voz con la canción y de menos a más, la voz pasaba a primer plano y la canción se cortaba.

-¡Oye! ¿Estás bien? ¡No me respondes nada! ¡Te quedaste mudo y no sé si te golpeé en la cabeza!

Fue entonces cuando Gustavo finalmente pudo reaccionar, ahí, en ese pasillo del bazar, sin poder dar crédito de que estaba hablando con Verónica. Él simplemente respondió:

-Jamás creí que te iba a conocer en un bazar…

Verónica quedó sorprendida con la respuesta de Gustavo.

CAPÍTULO 3

TE CONOCÍ EN UN BAZAR
(SEGUNDA PARTE)

En 1982, una fuerte crisis económica por la deuda externa golpeó a México, obligando a la población del país a buscar formas de subsistir. El comercio informal tuvo un auge a través del concepto de los bazares, y estos lugares promovieron una economía emergente que dio (y sigue dando) de comer a muchas familias.

Este concepto generó una economía de la que muchos no hablan, pero sin duda fue el inicio de muchos jóvenes que hoy en día son empresarios y profesionistas.

Este capítulo es un reconocimiento a todos los que fueron parte de este concepto, ya sea directa o indirectamente.

Cuando Gustavo terminó la frase y, justo cuando ambos parecía que iban a emitir alguna palabra, llegó Montserrat.

-¡Verónica! ¿Dónde estabas? Corrí como loca atrás de ti y te perdí y no te encontraba. ¿Estás bien? -dijo Montserrat sin ponerle atención a Gustavo y más interesada en su amiga-. ¿Qué te pasó? ¡Tienes roto el mallón! ¿Acaso fue el idiota de

Alex? -continuaba su amiga con el interrogatorio, pero Verónica no dejaba de ver a Gustavo ni él a ella, pues la frase la había dejado confundida.

-¿Qué dijiste? ¿Cómo que no esperabas conocerme aquí? No entendí. ¿Ya nos conocíamos?

Gustavo, aunque ya se encontraba de pie y medio incorporado, no dejaba de ver a Verónica sorprendido, pero también muy emocionado. Fue entonces cuando Montserrat volteó a ver a Gustavo y también se quedó sorprendida y enmudecida; luego abrió sus grandes ojos verdes.

-¡Oye, yo a ti te conozco! ¿Qué no estabas en la enfermería del Colegio Mundial el día del sismo? -preguntó Montserrat inmediatamente al verlo.

-¡Sí! ¡Yo estaba ahí ayudando a quitar escombros! ¡Y sí las vi en la enfermería cuando fui a recoger algunas vendas y medicinas! -Gustavo contestó entre amablemente y emocionado.

Los tres chicos estaban realmente sorprendidos del encuentro, y Verónica y Gustavo recuperándose del choque de hace unos instantes.

-Okey, ahora entiendo eso de que no imaginaste conocerme aquí. No creí que el mundo fuera tan chiquito, ¿no lo crees? -dijo Verónica con una mirada de cierta manera muy tierna, lo que ocasionaba que Gustavo se perdiera en la mirada de Verónica y su respuesta tardara en llegar.

-¡Quién lo hubiera imaginado! Oye, pero después de ese día, ¿estás bien? Bueno… ¿Ambas están bien? Creo que son afortunadas en haber estado fuera del salón cuando el edificio se cayó. Estoy seguro de que debió ser muy difícil para ustedes.

Verónica y Montserrat escuchaban atentas a Gustavo, pero sobre todo las sorprendía lo cortés, interesado y preocupado que sonaba, nada que ver con el encuentro de Alex de hace unos momentos atrás. Montserrat miraba a su amiga y sólo le hacía movimientos con los ojos, entre la incredulidad del encuentro y de cómo dos días antes llegó hacerle bromas sobre él a Verónica. Incluso Verónica llegó a sentir cierta empatía hacia Gustavo.

-Por cierto, soy Gustavo. Mucho gusto -dijo, presentándose amablemente.

Montserrat inmediatamente habló por las dos.

-¡Hola! ¡Ella es Verónica y yo soy Montserrat! Somos amigas desde el kínder, ¡casi como hermanas! Ah, por cierto, ¡ella no tiene novio!

El comentario sonrojó a Verónica, pero también logró sacarle una mirada penetrante y molesta.

-¡Montserrat! -exclamó, reclamándole a su amiga el comentario final.

Gustavo trató de disimular que no les daba importancia a esas palabras, pero en su interior esa información lo emocionaba aún más.

-¡Perdón, Gustavo! ¡No le hagas caso a mi amiga, está loca!

Gustavo continuó con el protocolo de presentación, pero Montserrat se percató de que la atención de él se concentraba en su amiga. En ese momento, también llegó Karla, quien, sin presentarse y algo enérgica, se acercó a Gustavo.

-¿Dónde andabas, grandísimo cabrón? ¡Me muero de hambre y tú aquí con tus amigas! ¿Qué te pasó? ¡Estás lleno de comida!

Ambas amigas se sorprendieron por la reacción de Karla y la familiaridad con la que se dirigió a Gustavo, además de que era una mujer muy atractiva. En su mente, Verónica, ante la sorpresa de la llegada de Karla, inmediatamente creyó que se trataba de una amiga o algo más, ¡tal vez su novia! «¿Y ésta quién es? ¡Seguramente es su noviecita! ¡A parte le gustan grandecitas!», pensó Verónica e inmediatamente se pudo apreciar un cierto enojo en su rostro.

-¡Tranquila, Karla! Es que tropecé con ellas y se me cayeron los chilaquiles. Ella es mi hermana Karla.

Entonces el rostro de Verónica cambió a una reacción más de alivio. «Ah, es su hermana», pensó.

Karla se presentó con ellas, mientras que Gustavo explicaba lo sucedido, además de explicarle que ellas eran las niñas que habían visto en el colegio y que se las mostró en el noticiero.

-¡Claro, las que grabó Jorge y que viste como 20 veces! -afirmó Karla.

Ahora era Gustavo quien se sonrojaba el doble que Verónica.

-¡Cállate, Karla! Ya sabes cómo es Jorge; ¡graba hasta el programa de Verónica Castro! -comentó, no sabiendo cómo evadir el comentario de su hermana, pero ambas amigas les había quedado claro el interés de él por ellas y cómo había sido delatado por su hermana.

Karla, muy amable, invitó a Verónica y Karla a su puesto con el pretexto de que Gustavo se aseara un poco y se cambiara la playera para ponerse algo, pues su playera estaba completamente sucia. Además, no podía seguir dejando a Héctor atendiendo el puesto.

-Mejor vayamos al puesto, porque, si Héctor lo está atendiendo, es capaz de llevarme a la ruina y regalarle los jeans a las clientas.

Entonces Gustavo y Karla rieron. Las dos amigas no entendieron el comentario, pero accedieron a acompañarlos al puesto.

-Héctor es mi mejor amigo y vino a ayudarnos a vender hoy, ¡pero está loco! Espero que no se sorprendan con él, ¡es mi mejor amigo!

Entonces los 4 caminaron hacia el puesto. Cuando llegaron al puesto, efectivamente, Héctor lo atendía, pero no de la mejor forma, ya que, lejos de atender a la clientela, parecía coquetear con ella. Inmediatamente, Karla se hizo presente y anuló todo lo que hacía Héctor, quien no tardó en ver a su amigo acompañado de Verónica y Montserrat, lo cual lo sorprendió bastante.

-¿Y los chilaquiles, güey? Bueno, pero no importa; ¡pedí chilaquiles y llegaste con algo mejor! ¡Hola! ¡Soy Héctor, el mejor amigo de Gustavo! ¡Casi casi hermanos!

La presentación de Héctor rompió el hielo con los 4 adolescentes e incluso sus comentarios lograron sacarles una sonrisa a las dos amigas. Gustavo inmediatamente le relató lo ocurrido a su amigo y, al igual que Verónica y Montserrat, quedó sorprendido.

-¡Vaya! ¿Quién lo diría? Hace un par de días estuvimos en un evento que no nos gustaría ni vivir ni recordar, ¡pero ahora estamos aquí! De verdad, qué gusto conocerlas y, además, saber que no les pasó nada.

Entonces tanto Verónica como Montserrat quedaron sorprendidas por las palabras de Héctor, comparando los comentarios de los dos amigos con los pésimos comentarios de Alex y su grupo de amigos.

-¡Qué lindos son!, ¿no? -le dijo Montserrat a Verónica al oído y con un tono de voz muy bajo.

Verónica sólo asintió con la cabeza y le guiñó el ojo a su amiga.

Karla observaba a los 4 chicos platicar e interactuar, pero era evidente que su hermano no dejaba de ver a Verónica y que la reacción de ella también era mutua. Entonces, para secundar el encuentro de los 4, simplemente les dijo:

-¡A ver, niños! Como sigue pendiente comer algo, que Gustavo se ponga algo en lugar de su playera color enchiladas. ¿Por qué no van con ellas a comer algo? Y, Gustavo, compra una playera, porque, si te pones la sudadera de Quiet Riot, te vas a morir de calor. Yo ya encargué algo de comer.

Gustavo entendió perfecto que la propuesta de su hermana tenía la mejor intención de darles espacio a los cuatro, pero más a Verónica y él.

-¿No te importa si me acompañas a comprar alguna playera o algo? ¡Así me ayudas a escogerla!

Verónica y Montserrat estuvieron de acuerdo y Héctor aún más.

-¡Sí, con gusto! Pero si es de un grupo de rock, creo que no soy la indicada. Ahora, si es de Wham o Timbiriche, seguro sí seré de ayuda -con un tono entre divertido e inocente le dijo Verónica a Gustavo.

-¡Wham! ¡Qué fresa eres! -Gustavo contestó en tono de burla, pero ambos rieron.

Gustavo se despidió de su hermana y así los 4 chicos comenzaron a caminar por los pasillos del bazar. Karla no pudo evitar hacerle gestos de satisfacción a Gustavo por haber conocido a Verónica.

Gustavo comenzó a platicar con Verónica, mientras que Héctor caminaba junto a Montserrat, quienes, por supuesto, también habían hecho una conexión muy buena; ambos sabían que a Gustavo le había gustado Verónica desde aquel jueves 19 de septiembre.

De repente, y tal vez sin planearlo, para Gustavo y Verónica llegó un momento en que se perdieron de Héctor y Montserrat, pero realmente no les importó, pues ambos iban platicando muy a gusto. Ella le relataba lo que había vivido el día del temblor y cómo se sentía. Por su parte, Gustavo la escuchaba atento, pero también emocionado; no podía creer que esa niña tan bonita que había visto en aquel colegio colapsado se encontraba a su lado. Por lo angosto de los pasillos del bazar, había momentos en que sus manos llegaban a rozarse delicada pero accidentalmente, situación que hacía que Verónica alzara las manos rápidamente. Mientras observaban la mercancía de los puestos, tenis, discos LP, posters, joyería, jeans, camisetas, los dos disfrutaban ese momento.

Gustavo y Verónica se detuvieron en un puesto donde vendían camisetas con estampados, desde grupos de rock y marcas de refrescos hasta marcas deportivas. Él buscaba una y pedía la opinión de Verónica. Entre la plática y la búsqueda de la camiseta, Verónica se sentía muy contenta e incluso emocionada por haber conocido a Gustavo; incluso, al buscar algún tema para la camiseta, ella encontró una del concierto de Live Aid, que Gustavo no vio, y que primero le remitió a esa cita frustrada con Alex. De inmediato la dejó en su lugar, pero repentinamente la volvió a tomar y algo en su intuición le hizo sentir que sería perfecta para Gustavo, así que, sin que él se diera cuenta, ella la compró para él y la ocultó debajo de su chamarra.

-Mmmmm, creo que tampoco aquí encontré algo que me gustara, pero, si quieres, vamos primero a comer algo. ¡Claro, si no te importa que siga llevando mi playera con estampado de salsa de chilaquiles!

Verónica aceptó y también se rio del comentario de Gustavo. Ella estaba satisfecha porque tenía la prenda perfecta para él y pensó que sería buena idea dársela cuando se detuvieran a comer. Así, la pareja se dirigió nuevamente al área de comida del bazar.

Ahora los puestos del bazar cambiaban de mercancías de jóvenes por variedades de comida, desde los típicos tacos y quesadillas hasta uno que otro con un menú internacional, como comida argentina o alemana.

Tanto Verónica como Gustavo estaban disfrutando de ese pasillo por los aromas y platillos, pero más porque se estaban conociendo. Encontraron una pequeña mesa que habilitaban para que la gente pudiera comer a gusto y Gustavo le propuso a Verónica comer unas empanadas argentinas que se veían exquisitas, pero ella realmente estaba más interesada en conocerlo a él y simplemente aceptó con un: "Sí, lo que gustes". Gustavo, muy emocionado, se dirigió a ese puesto de comida argentina, que estaba muy cerca de ellos; no podía evitar el voltear a ver a Verónica, quien entre tímida y nerviosa le respondía con miradas y sonrisas. Ambos estaban emocionados.

Cuando Gustavo llegó con la comida a la mesa era claro que estaba nervioso, sus movimientos eran incluso bastante torpes.

-Perdón, Verónica, pero no quiero volver a tirar la comida -enunció para justificar esos movimientos, pero Verónica sabía perfecto que, como ella, Gustavo estaba muy emocionado con el encuentro.

Mientras estaban comiendo, ambos se habían olvidado de sus amigos y, peor aún, Verónica no se había percatado de la hora. Fue entonces cuando la romántica plática de ambos se interrumpió por Héctor.

-¡Ajá! ¡Hasta que los encontramos! ¡Qué poca madre! ¡Ya están hasta comiendo y nosotros como locos buscándolos! Por lo menos inviten, ¿no?

Los 4 chicos comenzaron a reír.

-¡Oye, Verónica! No quiero interrumpir, pero… ¡ya son las 3:30! Y, como son tus tías, ¡ya deben estar aquí!

Efectivamente, las tías de Verónica ya se encontraban en la entrada del bazar, esperándolas en el auto.

-¡No mames! Tienes razón. ¡Vámonos!

Entonces las niñas se pararon rápidamente, pero Héctor volteó a ver a Gustavo, haciéndole muecas y miradas para que reaccionara o hiciera algo, y entonces entendió el mensaje.

-¿Las podemos acompañar a la entrada?

Ellas, que estaban ya apresuradas, respondieron que sí. Entonces los 4 caminaron rápidamente hacia la entrada. Las niñas iban algo aceleradas y Gustavo no encontraba la forma de armar alguna frase que diera continuidad al encuentro; al mismo tiempo, Héctor lo presionaba, haciéndole señas de que si ya tenía el teléfono de Verónica. Gustavo entendió perfecto y se presionó aún más; no supo cómo preguntarlo.

Cuando llegaron a la entrada y Gustavo haría la pregunta, las tías de Verónica ya estaban esperando a las dos niñas.

-Oye, muchas gracias por las empanadas -dijo Verónica apresurada y junto con Montserrat se despidió y caminó hacia el auto.

Héctor, que vio cómo su amigo se quedaba petrificado, lo animó.

-¡Pídele el teléfono, pendejo!

Gustavo reaccionó y corrió a alcanzar a Verónica, pero ella también reaccionó y recordó la camiseta que le había comprado e inmediatamente se dio la vuelta; la sacó debajo de su chamarra y dijo:

-¡Oye, Gustavo! ¡Espero que te guste! Olvidé dártela. ¡Perdón por tirarte los chilaquiles! -expresó y nuevamente caminó aprisa hacia el auto.

Gustavo no supo reaccionar y ni siquiera pudo decirle nada a Verónica, y menos al ver a las tías en el auto. Se acobardó y ya no la siguió. «¡Me compró una camiseta!», pensó y simplemente vio cómo Verónica subía al auto y se ponía en marcha. Entonces llegó Héctor.

-¡Cabrón! ¡Cómo lo hiciste! ¡Lograste conocer a tu niña misteriosa! ¿No mames que te regaló esa camiseta? ¡Está poca madre! ¡Eres un perro! -muy emocionado le decía a Gustavo.

Pero entonces esa emoción se acabó en el momento en que le dijo a Héctor:

-Oye, Héctor... No le pedí su número...

Héctor quedó congelado con esa frase, a lo que respondió:

-Te tengo otra mala noticia: yo tampoco pude sacarle el teléfono a la Montserrat.

Gustavo se sintió desecho.

-¡No chingues, Héctor! ¿Y ahora qué hago?

Los dos amigos se quedaron ahí parados y frustrados, pero Gustavo sintió una sensación mucho más fuerte que la de los sismos en los días pasados.

CAPÍTULO 4
OBSESIÓN

Gustavo y Héctor no se percataron de que Alex y sus amigos habían observado todo cuando Verónica y su amiga se fueron del bazar. Esto provocó en él sentimientos de coraje y envidia, porque era claro que lo único que sentía por Verónica era una obsesión por los constantes rechazos de ella. Alex pensaba que Verónica tenía que ser de su propiedad, como si se tratara de algún objeto de colección o un trofeo.

-¿Oye, Alex? ¿Y ese pendejo quién es? ¡La verdad, Verónica se veía que la pasó bien!

El comentario hizo explotar a Alex con una reacción; fingió indiferencia por fuera, pero tenía una cierta rabia por dentro.

-Pues debe ser un triste gato…, pero no me importa. Ese güey no me llega ni a los talones -declaró, tratando de dejarle en claro a sus amigos que no le importaba, pero internamente se preguntaba quién carajos era ese chico. «¡Hasta regresó a darle algo! Pero esto no se quedará así, ¡la voy a buscar y me va a explicar!», pensó.

En ese momento, uno de los 5 amigos que acompañaban a Alex se quedó pensativo mientras le daba un sorbo a su bebida.

-¿Saben algo? Si no mal recuerdo, ¡a ese güey lo vi en un puesto de jeans! ¿Recuerdan ese puesto donde estaba una vieja buenísima? ¡Ahí estaba ese güey junto con el otro gato!

Entonces los amigos ubicaron perfecto a Gustavo y comenzaron a decir comentarios bastante despectivos de él, su hermana y Héctor. Todos reían.

-Pues se ve que los gustos de Veroniquita están de la chingada; miren que ligar con un vendedorcito de mierda… Tendré que hablar muy seriamente con ella -concluyó Alex.

Aunque sus amigos sabían perfecto que Alex estaba muy molesto, decidieron no seguir hostigándolo. Claro, él era el líder del grupo y sabían que debían adularlo y darle por su lado, porque, a pesar de decir que eran grandes amigos, únicamente estaban con él por interés en su posición económica y estrato social, que generalmente usaba para conseguir muchas cosas sin el mínimo esfuerzo. Sólo le bastaba exigir a sus padres cualquier capricho para que ellos lo cumplieran sin cuestionarlo.

Cuando Verónica y Montserrat subieron al coche y éste arrancó, las tías comenzaron con el interrogatorio, porque también pudieron observar el momento en que Verónica regresó a entregarle la camiseta a Gustavo.

-¡Qué bueno que la pasaron bien! Aunque no compraron nada… Bueno, sólo vi que te regresaste a entregarle algo a unos de los dos chicos que venían atrás de ustedes. ¿Son sus amigos?

Ambas amigas, al principio, se quedaron mudas y mirándose entre sí. Generalmente, podían hasta ponerse de acuerdo con la mirada, pero las dos niñas no supieron qué decir. Sin embargo, Verónica estaba muy contenta de haber conocido a Gustavo y no pudo callarlo.

-¡Lo conocí hoy en el bazar, pero es un niño muy lindo! Trabaja en el bazar con su hermana.

Verónica comenzó a relatar todo lo sucedido: cómo fue el encuentro y la casualidad de haber estado en el colegio el día del sismo. Tanto Montserrat como Verónica relataban lo bien que lo habían pasado y contaban con lujo de detalle cómo había sido el encuentro, lo que a las tías las tenía muy interesadas. Sobre todo, era muy notorio lo emocionada que estaba Verónica.

Cuando ya estaban por llegar a su casa, toda la emoción de Verónica se enfrió en el momento en que Montserrat hizo una pregunta.

-Oye, ¿y quedaron de verse otra vez o te pidió tu teléfono?

Entonces Verónica sólo se llevó la mano a la frente y con un tono algo fuerte contestó:

-¡Soy una estúpida! ¡No le di mi teléfono!

Para las tías, tal vez la reacción no fue tan relevante, considerando que simplemente se había tratado de un encuentro casual y muy de adolescentes, pero en el mundo de las 2 niñas parecía una tragedia de alguna telenovela.

-¿Cómo? ¿En el tiempo que estuvieron a solas jamás te pidió tu número?

Verónica recordaba justo lo bien que estuvo en ese rato a solas con Gustavo: cómo platicaron, cómo rieron, lo bien que

Gustavo la trató y que simplemente el tiempo voló. Ambos jamás se acordaron de cerrar el encuentro, pero en esa época era oro molido obtener el teléfono de una niña.

-Oye, Montserrat, ¿su amigo no te pidió tu número? -preguntó Verónica, esperanzada de que, como eran las personalidades de su amiga y Héctor, que eran muy atrevidos, su amiga pudiera ser el enlace entre Gustavo y ella.

-Pues tengo que decirte que Héctor tampoco me pidió mi número…

Verónica sólo la miró, sintiéndose algo frustrada. Lo que parecía una tragedia griega para las dos amigas era muy normal para las tías, y, al ver lo emocionada que estaba su sobrina, una de ellas simplemente le dijo:

-Bueno, al menos sabes que ese niño trabaja en el bazar. No lo sé, tal vez mañana yo tenga que regresar al bazar a buscar algo -mencionó y les guiñó el ojo a Verónica y Montserrat, secundado por la otra tía a manera de complicidad.

Inmediatamente, una sonrisa iluminó los rostros de Verónica y Montserrat y simplemente se escuchó:

-¡Verónica! ¡Yo quiero 100 tías como las tuyas!

Las tías simplemente se rieron del comentario.

-¡Pinche Gustavo! No puedo creer que no le pediste su número. ¿Pues en qué pensabas? Bueno…, me queda claro que no pensabas y más bien estabas completamente hecho un pendejo.

Gustavo solo volteó y lo miró fijamente.

-¡Oye! ¿Y tú? ¿Dónde quedó eso de "yo soy el más conquistador"? Además, se nos vino el tiempo encima, y con eso de que sus tías ya las estaban esperando se me borró el casete...

Ambos se quedaron muy serios de camino al puesto de Karla, pero Gustavo sostenía la camiseta que Verónica le había obsequiado como si fuera un preciado tesoro, casi como Indiana Jones cuando obtenía alguna pieza arqueológica de gran valor. En realidad, esta camiseta representaba una sensación muy bonita para Gustavo.

Cuando llegaron con Karla al puesto, ella no tardó en comenzar a molestar al par de chicos con bromas acerca de sus encuentros, principalmente de su hermano, quien desde el jueves no había parado de hablar de Verónica. Gustavo comenzó a relatar lo que sucedió y que, aunque la casualidad del primer encuentro en el colegio los llevó a conocerse ahí en el bazar, toda esa magia se había terminado en el momento en que subió al auto. Karla escuchaba atenta, aunque en el fondo le daba cierta ternura y gracia ver a su hermano así; parecía que, al igual que a Verónica y Montserrat, se le había acabado el mundo.

-¡Por Dios! ¡Que nos traigan los violines! A ver, niñitos... ¡Ya saben dónde estudian, ya saben sus nombres! ¿No será más fácil que las busquen en el colegio?

Entonces Gustavo abrió los ojos, lo que fue acompañado por una sonrisa. Le quedaba claro que la madurez e inteligencia de su hermana le habían dado una gran solución a su encuentro de final inesperado. Entonces cierta calma invadió a Gustavo, e incluso a Héctor también le pareció una excelente idea. Ambos estaban satisfechos, hasta que Gustavo meditó y lanzó una pregunta a todos:

-Oigan, pero… con el colegio colapsado, las labores de rescate y quitar escombros, Verónica me dijo que no tendrán clases al menos las siguientes dos semanas…

La reacción de Karla parecía ser igual a la reacción que las tías de Verónica tuvieron cuando escucharon el "gran" problema del número telefónico y simplemente exhaló y miró hacia el cielo.

-¡A ver, Gustavo! ¡Son dos semanas! ¡Tampoco es el fin del mundo!

Gustavo la escuchó atento, respiró tranquilo y estuvo de acuerdo con su hermana, a pesar de que, a sus 17 años, dos semanas representaban toda una eternidad. Gustavo sólo se dirigió con su amigo y le dijo:

-Dos semanas es mucho… ¡Tenemos que ver la forma de que sea antes!

Héctor, en complicidad, estuvo de acuerdo con él, porque sonaba, según ellos, más coherente que la propuesta de Karla.

-Oye, hermana, ¿mañana te voy a ayudar a vender? -preguntó a Karla a manera de desviar la solución que había propuesto.

-¡Por cierto! Mientras estaban en el romance estilo *Love Story* o *Vaselina*, mis queridos galanes, ¡vendí prácticamente todo! Y como no podré surtirme de mercancía hasta el lunes, pues mañana domingo lo tenemos libre. Así que, esclavo mío, no, mañana no venimos. Creo que esas amigas nuevas que conocieron nos trajeron suerte, ¡así que más les vale que las 2 semanas se pasen pronto y las vuelvan a traer! O no hay paga hoy, ¿okey? -sentenció Karla en tono de broma.

Karla se dirigió a Gustavo y los tres chicos rieron, pero luego Karla cambió su rostro a uno más serio.

-¡No mames, Karla! Es broma, ¿verdad?

La hermana de Gustavo nuevamente dibujó un rostro burlón. Justo en ese momento, Héctor decidió encender la grabadora que tenía Karla en el bazar y al azar escogió una canción que sonaba mucho en esos días: *Obsesión,* de Miguel Mateos. Héctor volteó a ver a Gustavo con una sonrisa y le dijo:

-¡Escucha, güey! ¡Ya conociste finalmente a tu obsesión!

Lejos de sentir una obsesión con Verónica, Gustavo sentía que era algo más fuerte que sentía en la cabeza, el estómago y el corazón. Él sólo siguió escuchando la canción.

Alex, al subir al auto con sus amigos y encenderlo para partir, escuchaba esa misma canción, pues sonaba también en la radio; incluso uno de sus amigos subió el volumen, sin imaginar sus amigos que la canción le remitía a la situación del bazar cuando Verónica partió. Por letra de la canción pareciera como si los dos adolescentes estuvieran conectados hacía Verónica, uno de manera más romántica, mientras que el otro, efectivamente, más obsesionado. Alex seguía sintiendo esa sensación de coraje y estaba evidentemente celoso, aunque los comentarios generales de sus amigos y él hacia el desconocido Gustavo le generaron un impulso por ir a ver a Verónica. Entonces, en cuanto dejó a sus amigos, inmediatamente se dirigió a casa de Verónica sin previo aviso.

-Oye, Montserrat, ¿verdad que mis tías son geniales?

Aquella era una pregunta que en realidad era una afirmación, pues Verónica estaba muy contenta de haber conocido a Gustavo, a pesar de todo lo que había vivido en 2 días.

Parecía que conocerlo había sido una bonita recompensa de aquel triste jueves del sismo.

-¡Sí! ¡Tus tías están de pelos! -contestó muy emocionada Montserrat, quien también tenía las emociones a mil por el encuentro con los dos chicos.

Las dos amigas platicaban emocionadas del encuentro con Gustavo y Héctor en el bazar, incluso Verónica describía el atuendo de Gustavo con esas botas vaqueras, los jeans algo rotos y su playera, misma que terminó llena de salsa. Pero su emoción era tal que casi casi lo hacía parecer como un *rock star* o un actor de Hollywood, entre una combinación de Kevin Bacon, Tom Cruise y Michael J. Fox. Pero Montserrat muy atenta escuchaba la descripción que contaba su amiga.

-No te hagas pendeja. ¡Simplemente te encantó Gustavo!

El comentario sonrojó a Verónica, pero también le dibujó una sonrisa. Sin embargo, ellas no se imaginaban que en ese momento se encontraba Alex afuera de su casa en su flamante Ford Grand Marquis, que realmente era de su padre. Evidentemente, quería impresionar a Verónica, además, compró un ramo de rosas.

-¡María, están tocando! Por favor, atiende para ver quién es -ordenó a tía Imelda.

María se dirigió al interfono de la cocina.

-¡Buscan a Verónica; es un muchacho llamado Alex! -respondió María a las tías, quienes se miraron entre sí, pues sabían perfectamente de quién se trataba, sobre todo, lo que había sucedido en el bazar.

-¡Mira, Isolda! Es el niñito este mimado de Alex… ¿Crees que sea buena idea decirle a Verónica?

La tía Isolda se quedó por un instante pensativa, como evaluando la situación.

-Pues no sé, Imelda... Tú sabes que, a pesar de que tiene 16 años, debemos estar pendientes de ella. Finalmente, Verónica debe ser quien decida, aunque ese muchachito nunca me ha dado buena espina...

Mientras tanto, María preguntaba:

-¡Qué le digo al joven, señoras?

Ambas tías le pidieron que le dijera a Alex que le diera un momento porque parecía que Verónica estaba ocupada. Se dirigieron raídamente a la recámara de Verónica para decirle quién estaba afuera.

-¿Qué? ¿Alex? ¿Y qué hace aquí? -preguntó Verónica sorprendida por la visita.

María también llegó apresurada a la habitación.

-¡Niña Verónica, señoras, dice el joven que viene a traerle un obsequio a la niña! ¿Qué le digo?

Entonces todas en la recámara se quedaron sorprendidas. «¿Un obsequio? ¿A mí?», pensó Verónica

-Okey, María. Hazlo pasar y dile que ahora bajo..., aunque me parece muy extraño...

Tanto sus tías como Montserrat le preguntaron si estaba segura y realmente quería recibir a Alex, pero la realidad es que todas estaban intrigadas de por qué le había llevado un obsequio. Entonces María fue abrirle a Alex, mientras que Montserrat arreglaba el cabello de Verónica y al mismo tiempo le decía:

-¡No mames, Verónica! ¡Hoy estás con todo! Primero Gustavo y luego Alex viene a traerte algo. Deja de sospechar y tú mejor date a desear.

El comentario no convenció del todo a Verónica, pero también, muy internamente, la curiosidad se apoderaba de ella. Entonces, junto con Montserrat, bajó a la sala a ver a Alex.

Las tías, que también sentían curiosidad por la vista del no tan agradable joven, se quedaron en el descanso de las escaleras para ver que todo estuviera bien.

-Bueno, Imelda, hay que darle el beneficio de la duda, ¿no?

Imelda sólo asintió, estando de acuerdo.

Cuando Verónica y su amiga llegaron a la sala se sorprendieron mucho al ver a Alex con un enorme ramo de rosas rojas. Se quedaron sin habla.

-Hola, Verónica, quise traerte estas rosas porque creo que me porté muy mal en el bazar… y quería disculparme.

Las dos amigas se quedaron aún más sorprendidas porque jamás imaginarían que, siendo un tipo tan altanero y prepotente, llegara así, tan humilde, reacción que Verónica encontró de lo más sospechosa.

-¡Alex! No sé qué decirte… Te portaste súper mal plan en el bazar junto con tus amigos… y ahora vienes con estas rosas. ¿Qué pasó? Te juro que no entiendo.

Montserrat, en plan de cómplice, parecía como una chaperona de los años 40 porque no se separaba de ella, pero también estaba confundida.

Alex comenzó su actuación, que parecía mejor que la de un actor de teatro, y comenzó a contarle a Verónica que estaba arrepentido; incluso se llegaba a mostrar sumiso y con un tono de voz que hasta a las dos niñas les hizo creer que en cualquier momento él comenzaría a llorar. Conforme Alex seguía hablando y veía la reacción de Verónica, bien sabía que la estaba convenciendo, porque las dos amigas incluso sentían que lo hacía en serio, e incluso comunicándose con la mirada ambas juraban que hasta les parecía muy tierno. Alex estaba seguro de que su plan estaba funcionando y ellas no podían imaginar que, en el fondo, sus intenciones no eran las mejores. Realmente, el encuentro de Verónica y Gustavo le había generado una mayor obsesión por ella.

Verónica se sintió comprometida con el gesto de Alex y no tuvo más remedio que aceptar la disculpa y, claro, el ramo de rosas. Pero definitivamente la dejó muy confundida, misma sensación que les generó a las tías.

Cuando Gustavo, Héctor y Karla ya habían terminado de levantar el puesto del bazar, haciendo el corte de ventas del día y todo lo que implicaba terminar un día de trabajo en el bazar, Héctor le comentaba que sería bueno hacer algo más tarde junto con el resto de los amigos. Lo cual le pareció una muy buena idea a Gustavo, considerando que se sentía realmente feliz después de haber conocido a Verónica y que, a pesar de no haberle pedido su teléfono, él estaba convencido de que muy pronto volvería a encontrarla, por lo que aceptó la idea de Héctor.

Justo cuando ya caminaban hacia el estacionamiento del bazar, que seguía con actividad porque todavía no cerraban, Karla inmediatamente se detuvo muy brusco.

-¡Hermanito! Creo que hoy es tu día de encuentros.

Gustavo y Héctor no entendieron, pero también se detuvieron.

-¿Qué dices, Karla? -preguntó Gustavo.

En ese momento, de frente, se acercaba Mónica Figueroa, la ex novia de Gustavo, junto con sus 4 amigas, y coincidían con el ritmo de la música que sonaba en uno de los puestos: *A Quién Le Importa*, de Alaska y Dinarama. Mónica tenía ese mismo *look*: una niña rebelde, muy rockera, muy atractiva, pero también muy atrevida…

-¿Qué onda, Gus? ¿Por qué no me has hablado? ¿No me extrañas? Mira, vienes con tu hermanita la chaperona o, más bien, ¿la chismosa?

Inmediatamente se alteraron Karla y Gustavo. Gustavo sabía que Mónica había sido una novia muy intensa y manipuladora que siempre jugó con Gustavo, pero definitivamente también él había dado pie a ser así porque, al inicio de esa relación, había sido más atracción física que otra cosa. Entonces recordó su rompimiento con ella.

18 de noviembre de 1984:

Fue ese día cuando Mónica le había dicho a Gustavo que no se sentía bien y que no saldrían esa noche, pero en realidad ella ya tenía un plan con otro chico de 20 años para ir a bailar con él. Gustavo creyó completamente la historia de Mónica, pero ella nunca se maginó que aquella noche Karla la descubriría besándose con ese tipo. Ella encaró a Mónica y le advirtió que Gustavo sabría la verdad; esa misma noche, cuando Karla regreso a casa, le contó todo a Gustavo.

Gustavo, a la mañana siguiente, fue a buscar a Mónica para terminar con ella. A pesar de que Gustavo sentía una gran atracción por ella, no podía seguir siendo su especie de mascota, en lugar de un novio.

De regreso a septiembre de 1985:

Aquella situación del año pasado provocó que, con el tiempo, Mónica se sintiera más obsesionada que despechada. Entonces, durante algún tiempo, se había vuelto una relación de encuentros, desencuentros, subidas y bajadas, hasta que esa tarde en el bazar la obsesión de Mónica volvía a surgir. Gustavo sabía que era un momento bastante incómodo.

-Y dime, Gus, ¿no te gustaría estar conmigo esta noche? -preguntó Mónica con un tono muy sensual y coqueto que realmente sacudió las neuronas de Gustavo y lo hizo dudar otra vez; parecía que nuevamente algo más fuerte que un sismo se apoderaba de Gustavo.

La pregunta de Mónica dejó indeciso Gustavo y no evitó que la mirara de pies a cabeza. Él no tenía duda de que ella era una niña muy atractiva; quizás esa rebeldía y seguridad que la caracterizaba era el talón de Aquiles de él.

-¡Gustavo! Acuérdate de todo lo que te hizo esta vieja -interrumpió muy enérgica Karla, lo cual no hizo esperar la reacción de Mónica, enfrentándola e incluso logrando que la misma Karla se sintiera intimidada, a pesar de ser 3 años mayor.

-Mira, excuñadita... Tu hermano bebé ya está grandecito para tomar sus propias decisiones. Déjalo que él decida. ¿O qué piensas, corazón? -cuestionó Mónica en un tono retador y burlón, pero Gustavo simplemente no aceptó.

Mónica y sus amigas siguieron de largo, pero no sin que antes ella se despidiera de él, dándole un beso muy cercano a la boca, de lo cual Karla y Héctor quedaron sorprendidos.

-¡No mames, Gustavo! ¡Se ve que tu exnovia se quedó "enculada" contigo! -le dijo Héctor a Gustavo, quien se notaba que estaba entre sorprendido, apenado y confundido.

-¡Sí, Gustavo, esa vieja se pasa! ¡Más te vale que no regreses con esa piruja! Porque sí se portó bien piruja…

Gustavo no dijo nada y solamente comenzó a caminar hacia el estacionamiento, aunque, de reojo, volteó a ver a Mónica. Sin duda, el recuerdo, o simplemente esa atracción, que era más física, lo inquietaba un poco.

Entonces los tres chicos, llegaron al estacionamiento y dejaron el bazar. Ese día lleno de muchas emociones y sentimientos encontrados de Verónica y Gustavo había terminado.

Ya estando una vez en casa y entrada la noche, Gustavo y su familia se reunieron en la cocina, donde habitualmente siempre coincidían los 4. Él les contaba a su mamá y a su hermano todo lo ocurrido, mientras que esperaba que llegaran sus amigos para ir una fiesta.

-Oye, Gustavo, pero no vas a verte con Mónica, ¿verdad? ¡A mí esa muchachita nunca me dio buena espina! Y se me hace que ya está muy vividita -interrumpió su mamá, apoyando a Karla, quien tampoco tenía nada de agrado hacia Mónica.

-¡Mamá! ¡Claro que no! Fue un encuentro casual y ya -replicó Gustavo-. ¡Voy a ir a una fiesta con mis amigos! Además…, me gustaría poder ver otra vez a Verónica -proclamó y emitió un suspiro.

Su familia miró con asombro a Gustavo.

-¡Iuuuuu, ya te clavaste con la chavita sobre viviente del sismo! ¡Iuuuuu! -dijo Jorge en tono burlón.

Su mamá y Karla simplemente se rieron. Pero, definitivamente, a pesar de haberse sacudido un poco con el encuentro de Mónica, la mente de Gustavo seguía repitiendo las imágenes del encuentro con Verónica; casi parecía la videocasetera que su hermano Jorge usaba para ver una y otra vez una escena de algún programa de TV.

-Debo conseguir su teléfono. Quiero volver a verla -declaró Gustavo y nuevamente suspiró, mismo que se interrumpió con un fuerte silbido que venía de la calle; era la señal o la forma en que sus amigos avisaban que ya estaban afuera.

Lo mejor para Gustavo sería ir con ellos y distraerse en la fiesta, otro punto de encuentro de adolescentes, lugar donde una casa particular se convertía en una discoteca y la calle se llenaba de autos de todo tipo, desde el coche completamente tuneado hasta el coche que te prestaban tus padres. Hombres y mujeres caminaban por esa calle con las mejores galas y se esperaba estar ya adentro una vez que se pagaba al dueño de la casa los 50 pesos del *cover*. Después se llegaba a probar una bebida con ron y cola en unas enormes ollas, pero, por ahí de las 10 de la noche, el gas de la bebida se había perdido y, lejos de parecer una tradicional "cuba libra", su sabor dejaba mucho que desear.

Gustavo, con su vaso desechable en la mano, le relataba al grupo de amigos el encuentro con Verónica, pero la atención de ellos estaba al treinta por ciento, porque el otro setenta estaba enfocado en las niñas que asistían a esta fiesta. Gustavo lo entendía perfecto y realmente no le importaba, pues sabía que a Verónica la volvería a encontrar, así tuviera que recorrer la gran Ciudad de México.

CAPÍTULO 5

REGRESO AL BAZAR

El domingo en la mañana, Verónica despertó y aún no sabía si lo que había vivido el día anterior en el bazar y la visita inesperada de la tarde habían sido una pesadilla o una escena de alguna película de Tim Burton. A pesar de que el encuentro con Gustavo la había entusiasmado mucho, en una pequeña parte de su mente sentía una ligera empatía por el gesto de Alex, lo cual estaba causando cierta confusión sobre la imagen que tenía de él. «¿Por qué me trajo flores Alex? Pero, por otra parte, ¿por qué estoy emocionada de haber conocido a Gustavo», meditó sentada en la cama.

En ese momento, sus tías tocaron la puerta para avisarle que se alistara, porque más tarde la llevarían al bazar. En ese momento, lo poco agradable que sintió por Alex disminuyó y nuevamente Gustavo se posicionó en primer lugar de sus pensamientos, lo cual la animó a levantarse e inmediatamente correr al baño para arreglarse.

-¡Sí! ¡Hoy veré otra vez a Gustavo! ¡Y, si él no me lo pide, yo le daré mi número telefónico! Entonces tomó una ducha y comenzó a arreglarse para verse lo más bonita posible y lograr impactar a Gustavo.

Durante la ducha, la tía Imelda nuevamente fue a la recámara de Verónica para decirle que Montserrat había llamado para decirle que no podría acompañarla porque sus padres pensaban que, después de lo ocurrido el jueves en el colegio, debía descansar el domingo, pues ya habían sido demasiadas emociones. Las tías de Verónica también reflexionaron y le preguntaron si ella también debía descansar. Pero hasta su padre, tomó un papel muy neutral, dejando que la adolescente decidiera. Pero no había nada que reflexionar, Verónica estaba más que decidida para regresar al bazar, plan que las tías nunca le comentaron a su hermano. Cuando Verónica dijo que por ella estaba bien y el padre y las tías lo tomaron incluso como un buen síntoma o terapia para la experiencia del jueves.

-Seguramente, deben vender buenas cosas en ese bazar, porque esta niña de seguro vio tantas cosas ayer que hoy sí llegará con algo, porque, como buena mujer, ¡me sorprende que no compró nada!

Las tías de Verónica fingieron estar de acuerdo con el comentario, aunque la realidad es que ellas, en complicidad con su sobrina, lejos de ir por unos jeans o una camiseta, estaban haciendo un papel de Celestina, lo que no le haría nada de gracia a su hermano.

Verónica no podía esperar más. Cuando salió de la recámara lucía realmente muy bonita: vestía una falda blanca que hacía juego con una diadema del mismo color, pero que dejaba ver ese copete bien estilizado con gel y fijador; llevaba un chaleco amarillo bastante brillante, pero realmente el brillo lo producía el entusiasmo de volver a encontrarse con Gustavo.

Los cuatro se dirigieron a la cocina, donde María les preparaba el desayuno, pero Verónica no paraba de contar los minutos que faltaban para pararse de la mesa y salir al bazar. Sería un domingo muy bonito y el encuentro ayudaba a olvidar la tragedia del jueves.

Momentos antes de que partieran, sonó el teléfono. Aunque Verónica llegó a creer que se trataría de Montserrat, sorpresivamente escuchó a su padre decir:

-Verónica, te llaman. Es un tal Alex.

Verónica volvió a quedar fría. Nuevamente, le extrañaba que él se hiciera presente y entró en un estado de indecisión. No sabía si tomar la llamada o decirle a su padre que mintiera y le dijera que ya había salido. Pero reflexionó y, sintiéndose comprometida por el gesto del día anterior, decidió tomar la llamada.

-Hola, Alex. ¿Cómo estás? -dijo en un tono muy normal.

Comenzó Verónica la llamada, pero en el fondo sentía algo de curiosidad. Alex, quien era muy hábil para fingir, comenzó a decirle frases muy afectuosas e incluso se atrevió a decirle:

-No dejé de pensar en ti ayer…

Esto hizo que Verónica abriera al máximo los ojos. Estaba sorprendida por la frase de Alex. Incluso las tías, aunque simulaban no escuchar la conversación y aparentaban que metían algunas cosas al refrigerador, estaban más que pendientes de su sobrina.

-Pues quería invitarte también a tomar un café y a platicar a gusto los dos solos.

La propuesta hizo que Verónica se sorprendiera nuevamente, pero, no convencida y sin titubear, le dijo que no podía.

-Es que voy con mis tías al bazar.

Alex, al escucharla, cerró el puño y golpeó la almohada de su cama; sabía que ir al bazar implicaría ver a Gustavo, pero la respuesta lo dejó sin habla y no pudo reaccionar.

-Bueno, tal vez te pueda ver ahí y podemos comer algo.

Alex trataba de reaccionar y buscar la forma de impedir que Verónica fuera al bazar. Pero Verónica, amablemente y muy cortés, rechazó la propuesta para otro día. Alex, por su parte, se quedó ligeramente tranquilo porque sabía que las tías estarían con ella, entonces concluyó que tal vez no vería al vendedorcito del puesto del bazar, como se refería despectivamente con respecto a Gustavo. Incluso en la mente de Alex cruzó la idea de ir al bazar, pero más para espiarla que buscar otro encuentro casual. Y como era muy astuto, sabía que no sería buena idea, entonces trató de calmarse, pero esa repentina obsesión por Verónica no quedaría ahí; estaba convencido de que seguiría con su plan hasta lograr que Verónica nuevamente aceptara salir con él. Así que decidió esperar a que pasara este día y el lunes nuevamente iniciaría con su estrategia de conquistarla a como diera lugar. «Vas a estar conmigo, Verónica, ¡nunca con ese tipejo del bazar!», pensó. Era un pensamiento amenazante que quería concretar a toda costa.

Cuando Verónica y sus tías se subían al auto y se dirigían al bazar, la tía Isolda no pudo evitar preguntarle a su sobrina por qué Alex había llamado. Imelda, quien era la que conducía, paró la oreja para enterarse también de la llamada. Verónica, con toda la confianza que les tenía, comentó lo que platicó con Alex y sus intenciones, y les dijo que definitivamente este día no podría ser.

-Además, tías, el niño que conocí ayer me pareció encantador y me gustaría conocerlo más.

Sus tías se sintieron también emocionadas. Quizás la reacción de ella les recordaba su juventud y toda esa emoción de conocer a alguien en esa edad, cuando las jovencitas pueden confundir a alguien con el príncipe azul que en algún momento todas idealizan.

-Me parece que hiciste bien, mi niña. Además, ese Alejandro me parece un poco falso. No sé, hay algo que no termina de convencerme, pero no me hagas caso -dijo Imelda, aunque en el fondo sabía que algo sospechoso existía en las intenciones de Alex, pero por ese gran cariño hacia Verónica decidió no entrometerse tanto.

Justo en ese instante, el tema de Alex quedó olvidado porque, nuevamente, Verónica llegaba al bazar. Parecía que en ese lugar el tiempo se detenía o el mismo día se repetía una y otra vez, porque otra vez hacías la fila para entrar al estacionamiento y se veían los autos de muchos jóvenes y grupos de jovencitas que llegaban emocionadas a comprar algo. Los puestos ya estaban instalados y con la misma gama de colores del día anterior. En fin, el bazar era definitivamente un lugar casi casi un mundo de adolescentes. Las tías de Verónica se sentían algo fuera de lugar. Pero, tal vez por ser domingo, un día más familiar que el sábado, había un poco más de personas contemporáneas de las tías y, sabiendo que el verdadero plan de las 3 no eran las compras, decidieron separarse para que Verónica buscara a Gustavo.

-Mira, mi niña, para no incomodarte iremos a comprar esa chamarra que tanto querías. Luego estaremos en el área de comida para tomar algo y, si quieres, ahí nos vemos en un rato.

Verónica no puedo estar más que de acuerdo y satisfecha con la propuesta de Imelda e Isolda y una gran sonrisa iluminó su rostro.

-¡Oye, Verónica! ¡Suerte! -mencionaron las tías y dieron la vuelta.

Verónica sintió que su corazón se aceleraba, pero era más su emoción por volver a ver a Gustavo. A ella no le importaba si él trabajaba con su hermana en un puesto de jeans, incluso eso la había hecho sentir admiración y lo consideraba como alguien maduro; totalmente diferente a la personalidad de Alex. En ese momento, ella dio la vuelta para llegar al pasillo donde se encontraba el puesto de Karla y la emoción iba en aumento. Nuevamente, como todos en el bazar, Verónica se abría paso, pero le costaba un poco de trabajo porque, por ser domingo, había más gente que el día anterior. Trataba, entre desesperada y apresurada, de llegar justo a la mitad del pasillo, donde estaba ubicado el puesto de los hermanos.

-¡Guau! ¡No tengo idea de qué le voy a decir, pero estoy segura de que se va a sorprender! Ojalá estuviera Montserrat aquí, así me daría menos pena llegar al lugar, pero no importa.

Mientras seguía evadiendo a la gente, Verónica se detenía en cada puesto a curiosear o preguntar cuánto costaban las mercancías. Pero, justo al llegar al punto indicado, la sorpresa fue otra para Verónica. Quedó muy sorprendida cuando vio completamente vacío el puesto de la hermana de Gustavo. No podía dar crédito a lo que veía, incluso volteó para ambos lados, pensando que tal vez había confundido el pasillo. Avanzó unos pasos para ver si el puesto de Karla se encontraba más adelante y, al descubrir que no lo encontraba, incluso comenzó a buscar el puesto en otros pasillos. Verónica comenzaba a desesperarse; sentía que todo ese mar de gente quería impedir que encontrara a Gustavo. Una especie de sensación de claustrofobia la invadía, pero seguía con la búsqueda.

Pasado un rato, Verónica regresó al puesto de Karla. Ahora sí estaba convencida de que ese era el lugar indicado.

-¡No puede ser! ¡Estoy segura de que aquí es! Pero ¿dónde están?

Ante la desesperación que mostraba Verónica, las dos mujeres mayores que atendían el puesto de junto asumieron que tal vez era una clienta de Karla.

-¿Buscas a Karla? -preguntó una de las mujeres del puesto.

-¡Sí! Pero… ¿por qué no están aquí? -preguntó Verónica en un tono algo desesperado.

Las dos mujeres amablemente le comentaron que el día anterior los dos hermanos habían tenido un día muy bueno de ventas, y Karla les comentó que se había quedado sin mercancía para este día. Verónica escuchaba atenta, pero se sentía frustrada porque no logró ver a Gustavo nuevamente, y como ella tenía una personalidad algo tímida y reservada, no sabía qué hacer ante la explicación de las dos mujeres. Incluso Verónica se sorprendió de ella misma porque eso nunca lo hubiera hecho por otro chico.

-Oye, ¿no tienes de casualidad su número de teléfono? -preguntó Verónica como último recurso, pero las dos mujeres le explicaron que apenas tenían poco tiempo en el bazar y no habían intimado con Karla a ese grado.

Verónica se sintió triste e incluso una lágrima estuvo a punto de salir, pero entendía que sonaba completamente lógica la ausencia de Gustavo y su hermana. Sin embargo, la frustración venía porque con Gustavo se había sentido muy bien, protegida, escuchada y sentía que la conexión de ambos no se había dado tanto por una atracción física, algo que no le había sucedido anteriormente. Había conocido a otros chicos y siempre se acercaban a ella por conquistar un hermoso trofeo, pero con Gustavo sintió una conexión increíble porque no fue sólo una atracción física, también fue una atracción química muy bonita de ambos.

Las dos mujeres del puesto contiguo al de Karla preguntaron a otros puestos si tenían algún número o dato de ella, pero, entre la desconfianza de la pregunta y que nadie tenía información tan confidencial de otros puestos, Verónica simplemente agradeció la atención de ambas mujeres y comenzó a caminar muy lento por el pasillo.

-¡Qué mala suerte! No vino Gustavo…

Verónica siguió caminando para ir en busca de sus tías.

-¡Mira, Imelda! Ahí viene Verónica, pero viene sola -estaban algo sorprendidas ambas tías-. No se ve contenta… ¿Habrá sucedido algo? -preguntó a Isolda a su hermana.

Entonces Verónica llegó a la mesa donde estaban sus tías y muy triste les platicó lo sucedido. Parecía que en el mundo de los adultos esa tragedia romántica era el fin del mundo para Gustavo y Verónica, y quizás lo que nadie entendía es que ellos se conocieron en una situación adversa que nadie había vivido, una tragedia que aún seguía muy fresca en la mente de muchos en la Ciudad de México. Pero el encuentro de Verónica y Gustavo rebasó esa frontera porque, además, ambos venían de tener un tipo de relación sentimental que no les había funcionado. Por un lado estaba Alex, para quien realmente ella, lejos de valorar a Verónica como una mujer, era alimento para su ego. Por el otro lado estaba Mónica, una niña muy rebelde, pero muy inteligente; por así decirlo, su deporte era conquistar muchachos y manipularlos a su antojo. Cuando Verónica y Gustavo se conocieron, ambos descubrieron que eran personas muy normales, sin poses y quizás hasta humildes, pero finalmente era el encuentro de dos adolescentes buenos. Esa falta de malicia hacía que ambos fueran un tanto inocentes, pero haberse conocido los hizo sentir bastante confortables.

Verónica estaba muy seria, incluso en todo ese colorido que veía siempre en el bazar ahora parecía que predominaba el color gris. Incluso, esa tarde se nubló mucho el cielo y parecía que se ponía de acuerdo con la situación.

-Tías, ¿y si ya no vuelve a ponerse su puesto? ¿No será que algo pasó por el temblor?

El ánimo de Verónica no era nada alentador, pero las tías solamente la escuchaban, dejando que se desahogara y tratara de clamarse.

-Hija…, no creo que algo malo haya pasado; tal vez se les presentó algo. Esperemos que todo esté bien. Además, ¡puedes venir el siguiente fin de semana! No pasa nada -dijo Imelda a manera de consolación.

Esas palabras calmaron a Verónica. Efectivamente, ella sólo tendría que esperar una semana y venir al siguiente fin de semana para volver a ver a Gustavo.

Para no perder la costumbre, la familia de Gustavo se encontraba en la barra de la cocina desayunando algo tarde. Él se sentía con algo de resaca porque en la fiesta de la noche anterior las famosas cubras libres que tomó no le cayeron muy bien. Incluso él y sus amigos no llegaron tan tarde porque la fiesta no había estado como ellos pensaron.

Los hermanos de Gustavo se habían percatado del malestar de su hermano e inmediatamente se volvió el blanco de sus burlas, esto sumado a que Karla le contaba a su mamá y hermano de sus dos encuentros "amorosos" del día anterior. Pero Karla aduló su primer encuentro con Verónica, pues parecía que a Karla le había causado buena impresión.

-¡Definitivamente, nada que ver con tu ex, la punk radiactiva de Mónica!

Esto causó sorpresa en su hermano y su mamá.

-¡¿No me digas que otra vez la estás viendo, Gustavo?! -gritó la mamá de Gustavo muy enérgica y, como toda madre, algo celosa.

Gustavo se sentía en el banquillo de los acusados y, al mismo tiempo, en un programa de variedad porque las dos mujeres de su casa, entre preocupadas y celosas, lo interrogaban. Por el otro lado, su hermano sólo lo molestaba con comentarios y bromas. Vaya que se sentía muy incómodo.

Llegó un momento en que Gustavo sólo veía cómo se movían los labios de todos, pero no escuchaba absolutamente nada porque su mente estaba pensando en Verónica. Ya quería que fuera lunes para ir a su colegio a ver qué podía averiguar sobre ella. Pero también había una parte de su mente que se sentía confundida por haberse encontrado con Mónica... Gustavo recordaba cómo en la fiesta sus amigos alababan la belleza de Mónica, claro, en su mayoría con comentarios algo soeces, pero también con comentarios sobre Verónica, algo que para el resto de sus amigos sólo había sido un encuentro casual que tal vez no prosperaría.

-¡No seas pendejo, Gus! ¡Ni siquiera tienes su teléfono! ¡Además, la Mónica la tienes al alcance de tu mano! ¿O debo decir al alcance de su látigo? Ja, ja, ja, ja, ja, ja -dijo su amigo Luis en un tono bastante burlón.

Todos los amigos rieron; tal vez Héctor no tanto porque, siendo su mejor amigo, lo conocía perfecto y sabía que, desde el día del temblor, Gustavo no dejaba de pensar en Verónica.

-¡Ey, galán, despierta! Tienes una llamada -le dijo Jorge a su hermano.

Entonces Gustavo nuevamente regresó a la realidad en la barra de la cocina, pero vio que todos lo miraban muy serio.

-Te habla esa Mónica… Mira, la invocamos. Preferiría haber invocado a esa niña linda que conociste ayer -aseveró su mamá.

Gustavo estaba sorprendido también porque, efectiva-mente, parecía que su mente, con los pensamientos de las dos chicas, si había hecho una especie de invocación.

-¿Estás o no estás? ¡Güey, no soy tu secretario! ¡Haz algo! -dijo enérgicamente Jorge mientras sostenía la bocina y tapaba el auricular del teléfono, pero Gustavo sólo se levantó y caminó hacia la sala.

-Contesto aquí mejor -repuso Gustavo.

Karla y su mamá, ante la respuesta de Gustavo, sólo mur-muraban que ojalá no la volviera a ver, mientras que él caminaba a la sala para contestar.

-¡Hola, corazón! No dejé de pensar en ti desde que nos encontramos ayer en el bazar. ¿A ti no te dio gusto? ¡A mí mucho! ¡Te ves muy guapo!

El inicio de la llamada para Gustavo fue desconcertante, sobre todo por ese entusiasmo de Mónica, como si se tratara de otra niña y no esa exnovia que tanto lo había hecho sufrir.

–Oye, Mónica, no entiendo por qué me vuelvas a llamar. La verdad es que cuando tronamos habíamos quedado en no vernos otra vez.

Mónica sabía perfecto cómo era Gustavo y comenzó con su labor manipuladora, con toda esa rudeza y rebeldía. Su tono de voz sonaba como el de una niña muy linda y tierna, lo que hacía que Gustavo quedará mucho más confundido.

Cuando Verónica y sus tías abandonaban el bazar y subían al coche, comenzó a llover; parecía un cliché de una película romántica francesa, lo que la hacía sentir muy frustrada. Durante el camino, Verónica estuvo meditando. «Tal vez sólo fue eso, un simple encuentro que hasta ahí llegó. Sólo que Gustavo me pareció un niño increíble. Creo que Montserrat tiene razón…, soy muy ilusa y debería ser más como ella y salir con más chavos», pensó Verónica. Por el espejo retrovisor, Isolda, que venía conduciendo, de reojo observaba que su sobrina venía meditando.

-Hija…, ya lo volverás a ver. Además, hoy ya tienes que relajarte y descansar. Estos días han sido muy fuertes para ti -señaló Isolda.

Verónica sabía que su tía tenía razón; había tenido demasiadas emociones del jueves al domingo. Lo mejor sería seguir con su vida. Entre el temblor, el acoso de la prensa, el encuentro con Gustavo y ese repentino cambio de Alex, Verónica estaba distraída, pero también agotada.

-¿Entonces qué te parece si paso por ti, guapo, y tomamos un café y hablamos?

Antes de contestar, Gustavo meditó nuevamente en la propuesta, en lo que había pensado en la cocina. «Quizás mis amigos tienen razón… Sólo fue un encuentro causado por el temblor y hasta ahí quedará. Bien dice Héctor que yo me enculo hasta de Claudia Wells y ni siquiera la conozco… A Mónica sí la conozco. Tal vez platicar no nos haga mal», pensó. Entonces Gustavo respondió:

-Okey, pasa por mí.

Aunque Gustavo no lo decía del todo convencido, pensó que tal vez verla sería como algo más seguro que tratar de investigar dónde encontrar a Verónica.

Cuando Verónica llegó a su casa, inmediatamente le marcó a Montserrat para platicarle que no había tenido éxito en el bazar y, al igual que sus tías, la amiga también le propuso la misma idea.

-¡Tranquila, Verónica! ¡Vamos el siguiente fin de semana!

Pero Verónica, que seguía como en esa fase de confusión interna, le comentó lo que pensaba y que sentía que no era bueno seguir pensando tanto en el encuentro con Gustavo.

-Además, Montserrat, esta semana será pesada porque tenemos que ver qué pasará con el colegio después de lo que sucedió el jueves -indicó Verónica y su amiga le dio la razón.

Por otra parte, Verónica también le confesó a su mejor amiga que estaba cansada de ser tan inocente o ilusa por conocer a un buen chico, y que tal vez todo esto que había sucedido el fin de semana era una señal de que tenía que vivir más y disfrutar.

-Mira, Montserrat, salir ilesas del temblor y haber conocido a Gustavo yo lo tomo como algo que me dice que viva más y no me la pase pegada a un libro o ilusionada por comprar una chamarra en un bazar.

Estas palabras hicieron que Montserrat desconociera un poco a su amiga e incluso le provocaron un poco de temor.

-¡Cállate, güey! ¡No digas eso! -respondió nerviosa Montserrat.

Incluso Verónica comentó que, siendo realistas, ellas estaban vivas gracias a que ese día ellas iban hacer algo que nunca habían hecho: escapar de la escuela. Entonces para ella era como una señal, lo que dejó a Montserrat sin palabras.

-¿Pero qué quieres hacer, Verónica? ¿Acaso ahora te convertirás en la niña mala y rebelde? ¿Quién te crees?, ¿Madonna?

Verónica sólo aclaró que no se trataba de ser ahora la rebelde e inadaptada de la familia o del colegio, sino que simplemente aprovecharía todas esas oportunidades que vinieran. Entre esos conflictos internos de Verónica que su amiga no entendía todavía al cien por ciento, ella sólo la escuchaba como su mejor amiga.

-¿Sabes qué, Montserrat? Alex me invitó a tomar un café. Lo voy a aceptar y le diré que vayamos el martes. Además, así puedo ver mejor sus intenciones y, dependiendo de cómo salga, ya veré si voy al bazar el sábado de la otra semana.

Montserrat sólo escuchaba al ver que sus opiniones contradecían este cambio tan repentino en su amiga y no le quedó otra más que apoyarla.

-Bueno…, si crees que es buena idea, adelante. Pero recuerda que Alex ya es un tipo de 19 años y nunca se ha caracterizado por ser un niño lindo. Sólo ten cuidado.

Las dos amigas quedaron en silencio por un instante e inmediatamente cambiaron el tema.

Cuando Gustavo terminaba de arreglarse, Karla se acercó a su recámara y sólo se le quedó mirando.

-¿Qué? ¿Qué me ves? -le preguntó Gustavo.

-Vas a salir con Mónica, ¿verdad? Mira, por mí puedes salir con quien quieras, pero soy tu hermana y soy mujer y conozco perfecto a las del tipo de Mónica. Sólo porque es una niña independiente, hija única y tiene su banda de rock cree que puede obtener todo lo que ella quiere, y ya te la hizo una vez. No quiero que te vuelva a lastimar, ¿okey? Te quiero, hermano.

Muy atento escuchaba a su hermana, pero Gustavo pensaba que salir con Mónica tal vez le ayudaría distraerse y calmar la emoción de haber conocido a Verónica. Tanto Verónica como Gustavo coincidentemente se conocieron, pero también pensaron que no volverían a verse. Instantes después sonó la bocina de un auto. Se trataba de Mónica, quien había llegado por Gustavo.

Gustavo salió y subió al coche muy normal, pero Mónica, al saludarlo, lo recibió con un beso muy cerca de la boca, lo cual desconcertó a Gustavo y no pudo evitar mirarla de arriba abajo. Mónica lucía espectacular y algo atrevida, como toda líder de su banda de rock. Esto, evidentemente, puso nervioso a Gustavo, pero, al mismo tiempo, lo emocionó.

En ese momento, en casa de Verónica, ella tomaba el teléfono y marcaba a casa de Alex. Cuando la comunicaron con él sólo dijo:

-Hola, Alex. ¿Podemos ir a tomar un café el martes?

Alex sonrió un tanto maquiavélico y sintió que su estrategia y plan con ella estaban funcionado.

Sin embargo, en esta historia hay un detalle que ni Verónica ni Gustavo se hubieran imaginado. Cuando Verónica llegó al puesto del bazar y preguntó a los puestos de junto por Gustavo y Karla, como buenos comerciantes que eran, se corrió la voz de que preguntaban por ellos. Un comerciante de otro puesto inmediatamente dijo que él tenía el teléfono de Karla. Justo en ese momento, Verónica ya se encontraba en camino hacia sus tías. Si se hubiera quedado una fracción de segundos más, pudo haber tenido la información, pero el vendedor la perdió de vista entre tanta gente y simplemente dijo: "Bueno, seguramente no era nada importante", y continuó degustando su sándwich. Ahora parecía que la casualidad y el destino habían jugado en contra de los dos chicos.

CAPÍTULO 6

DE LA CONFUSIÓN A LA BÚSQUEDA

Definitivamente, que una chica pasara por un chico para salir a pasear no era muy normal, e incluso no era muy bien visto por muchas personas, pero, muy en el fondo, el ego de Gustavo agradecía que Mónica pasara a recogerlo.

-Gracias por venir por mí. De hecho, mi mamá me iba a prestar su coche para ir a verte.

Mónica no le dio importancia al comentario e incluso le dio cierta ternura; ella no le daba importancia, aunque Gustavo sí. Ella sólo lo miró y le guiñó el ojo.

-¿Entonces vamos a ir por un café? Estaba pensando que podríamos ir al Café de las Antorchas ahí en Avenida Insurgentes y, si quieres…

No terminaba de plantear su propuesta cuando Mónica lo interrumpió con un tono muy sensual y retador.

-¿Café, corazón? Yo tenía en mente otra cosa, tal vez una chelita. Un café es muy fresa, mejor vamos a la Caverna del Cuervo, ¿no?

Gustavo se quedó sin palabras, pasó saliva y, demostrando que era un "tipo rudo", también accedió. Mónica, que de antemano sabía que él aceptaría, ya se dirigía a un bar donde el ambiente era totalmente diferente al café que inicialmente propuso Gustavo. Siendo él muy honesto, le parecía una buena idea porque era un lugar donde se sentía más cómodo, un lugar que, a diferencia de un bazar o ese famoso Café de las Antorchas, era un lugar de música rock, algo así como un tipo pub inglés del *underground* con música de The Ramones, The Cure y The Clash. Y cuando el ambiente crecía, sonaban grupos más fuertes, como Metallica, Guns & Roses y Mötley Crue, que siempre sonaba. Para muchos en esa época era, incluso un lugar "satánico". Sin embargo, la realidad es que era un lugar muy tranquilo; a pesar de que los adolescentes que lo frecuentaban aparentaban ser rebeldes y rudos, generalmente, nadie se metía con nadie. Simplemente, era un lugar que se adaptaba al mundo "rockero" de muchos chicos.

-Pensé que no querías salir conmigo, Gustavo, pero ayer que te volví a ver simplemente me quedó claro que me sigues gustando mucho.

Mónica se confesó así, directa y sin filtros, ante Gustavo, que cada vez parecía más nervioso, aunque aparentaba estar tranquilo y seguro. En el fondo, él estaba más confundido que Freud tratando de entender la psicología femenina. «¡Madres! Creo que Mónica está loca. ¡Primero me dejó porque decía que yo era un niño y me engañó con ese güey de la facultad de Ingeniería! Y ahora dice que le gusto mucho… ¿Pues qué carajos quiere?», pensó.

Mientras tanto, Mónica seguía hablando y adulándolo. Y, como era una mujer muy hábil, sabía cómo manejarlo y por dónde llegarle a Gustavo, al mismo tiempo que le coqueteaba. De repente, ella rozaba su mano o se apoyaba en su hombro. Él no sólo estaba confundido, también se sentía excitado.

Definitivamente, Mónica era la chica más atractiva del bar y, como ya había tocado un par de veces con su banda ahí, muchos la ubicaban muy bien y la saludaban como si se tratara de la misma Pat Benatar. Los planes de Mónica funcionaban como ella lo había planeado.

A otro que también le estaba funcionando la obsesiva estrategia era Alex, quien le platicaba a su grupo de amigos que Verónica había aceptado ir con él a tomar un café.

-¡Qué suerte! ¡Esa chavita está bien bonita y bien buena! -dijo uno de ellos y Alex simplemente sonreía muy fanfarrón y presumido.

-Les dije que esa niñita terminaría andando conmigo. Además, tiene buen pedigrí -terminó diciendo Alex en un tono muy despectivo; efectivamente, parecía una obsesión por ella.

Verónica, ya en su recámara, analizaba la situación con Alex e incluso hacía una especie de comparación entre él y Gustavo, sólo que la conclusión, por más que buscaba que la balanza se nivelara a favor de Alex, era que simplemente había más cualidades en Gustavo que en Alex. Pero como parte de esta supuesta revelación que había tenido a raíz del temblor, ella creía que lo mejor era seguir con su vida y estar abierta a cambios en su vida.

-Bueno…, mis tías dicen que a la gente hay que darle el beneficio de la duda; supongo que para Alex aplica, así que pensaré que el día que salgamos la pasaremos muy bien, no como aquella vez del concierto de Live Aid.

Entonces Verónica apagó la luz y se recostó para tratar de conciliar el sueño.

Cuando Gustavo le dio un sorbo a la botella de cerveza sintió la mano de Mónica en su muslo; casi se ahoga y casi saltó de la impresión.

-Tranquilo, galán, no es la primera vez que lo toco…

Eso hizo que Gustavo se pusiera más nervioso y, a pesar de que sabía que la atracción de los dos era recíproca, sólo imaginaba la cara de Karla y sus advertencias. Entonces siguieron las imágenes de su madre, de Héctor y sus amigos, pero también apareció la imagen de Verónica; Gustavo ya no sabía si era el efecto de la situación o de la cerveza.

-Oye, Mónica, voy a pedir la cuenta porque… ya debo regresar. Mañana tengo que levantarme temprano e ir a la escuela a ver los resultados de los exámenes y…

-Tranquilo, galán, no te voy a comer… aún.

Ella simplemente se separó de él, interrumpiendo la serie de pretextos que ponía Gustavo.

En la mente de Gustavo volvían aparecer sus amigos, donde todos lo abucheaban por los pretextos que le ponía a Mónica. Sabía que cuando les contara lo que había pasado con ella, efectivamente, así se comportarían. Pero también nuevamente apareció la imagen de Verónica. Entonces recordó la tarde del bazar cuando la conoció y que en la plá-tica tocaron el tema de cómo sería para ella un tipo ideal. "Pues lo que no me gusta de un niño es que sea mujeriego y mentiroso. En ese momento saldría de mi vida", le comentó Verónica aquella tarde. Entonces de golpe entendió esa idea de que Verónica había sido un encuentro muy casual, a pesar de las circunstancias. Él simplemente pensó: «¡Mañana mismo iré al colegio de Verónica! Debe valer la pena buscarla. ¡Y no creo que yo pueda aguantar dos semanas a que regrese a su escuela!».

Mónica miró a Gustavo algo extrañada.

-¡Oye! ¿En serio? Sólo te toqué el muslo y te quedaste congelado…

Gustavo sólo fingió que todo estaba bien y simplemente le contestó:

-Perdón, pero, entre esto del temblor y la escuela, sí me clavé. Pero la estoy pasando muy bien -explicó Gustavo, aunque bien sabía que no, pues su mente seguía pensando en Verónica.

Gustavo pagó la cuenta, se levantaron y se fueron del lugar, pero Mónica no perdía ningún instante para insinuársele y lo tomó de la mano camino al coche. Él fingió que no pasaba nada, pero se sentía incómodo.

-Tú maneja, yo sólo quiero verte y recordar los viejos tiempos -dijo Mónica suspirando y Gustavo no tuvo más remedio que acceder.

Durante el trayecto a su casa, él no podía evitar seguir con un recorrido de la mirada a Mónica, y es que, a pesar de ser un trayecto de 15 minutos, para Gustavo parecía un viaje que no tenía fin. Evidentemente, lo atractivo de ella lo hacía flaquear y sentir tentación por corresponderle igual, pero seguía firme con respecto a las palabras de Verónica, su hermana, familia y todos. Incluso llegó a imaginar que todos venían observándolo en la parte de atrás del coche de Mónica.

-Te siento muy nervioso, galán, pero no me importa – le dijo Mónica justo al llegar a casa de Gustavo.

Cuando se iba a despedir Gustavo de Mónica, ella lo tomó de la chamarra y le plantó un besó que él no se esperaba. Pero se había contenido tanto durante la cita que también le correspondió el beso, y a éste le siguieron otros más. Ambos se sentían excitados, pero en ese preciso momento unas luces iluminaron la parte del interior del coche, lo que hizo que ambos se separaran rápidamente. Cuando Gustavo alzó la cara para ver de dónde venían dichas luces, su sorpresa fue mayor al ver que se trataba de su madre y Karla. «¡Justo las dos me dijeron que no cayera otra vez y ahora me atrapan justo en la entrada del garaje! ¡Qué mala suerte!», pensó Gustavo. Rápidamente, Gustavo bajó del coche. Mónica, como pudo, se cambió al lado del conductor, arrancó su auto y no se despidió de nadie, aunque a Karla sólo la vio con una mirada más fuerte que un cañonazo.

-Muy efusiva despedida, hijo -dijo la madre de Gustavo en un tono sarcástico y no preguntó siquiera qué había pasado.

Karla sólo le hizo muecas a Gustavo y comenzó a regañarlo.

-¡Cabrón! ¡Te dije que no cayeras otra vez! Y no conforme, hasta espectáculo afuera de la casa. ¡No mames!

Gustavo se sentía apenado y no sabía qué responder.

Los tres entraron a la casa y no volvieron a tocar el tema, pero Gustavo sabía que su hermana y su mamá tenían razón. Ahora tenía más claro lo que haría al día siguiente: conseguir a como diera lugar algún dato de Verónica.

Lunes 23 de septiembre de 1985:

Sonaba el despertador en la recámara de Gustavo unos minutos antes de que dieran las 7:00 a.m., como todos los días entre semana. Despertó un poco agitado, y no era para menos después de lo sucedido con el sismo y el encuentro con Verónica; era como si estos últimos dos días hubieran sido un sueño. Incluso la cita del día anterior con Mónica todavía lo tenía un poco confundido, y esos besos que se dieron cuando llegaron a su casa lo confundían aún más. Pero inmediatamente inició con su ritual diario, sólo que esta vez no asistiría al gimnasio con su amigo Héctor, pues estaba decidido a ir al colegio de Verónica. Eso era algo que no se lo había dicho a nadie, incluso a Héctor, su mejor amigo, a quien le puso de pretexto que tenía unos deberes pendientes de la escuela y debía ponerse al corriente, por lo que no asistiría al gimnasio.

Como ese fin de semana se había quedado en casa de su mamá, Gustavo preparaba sus cosas para regresar a casa de su padre y aprovecharía que de camino podría pasar al colegio de Verónica, así que en su casa tampoco despertaría alguna sospecha. Su hermano, como era costumbre, le hacía burla por estar viviendo en dos casas y porque parecía que no pertenecía a ninguna.

-No entiendo por qué sigues viviendo con papá; nunca está y realmente ni se hace cargo de ti, pero bueno, te gusta la mala vida.

Gustavo fingía darle no importancia al comentario, sin embargo, sabía que su hermano tenía razón.

-Oye, es que necesito estudiar y hacer algunas cosas de la escuela y en casa de papá, como no hay nadie, no me podré distraer.

Gustavo continuó haciendo su maleta, aunque le urgía ya salir de casa de su mamá para ir a su labor de investigador privado en el colegio de Verónica. Simplemente, tomó un jugo y se despidió de todos para irse. Su mamá le dijo que, si la esperaba unos 10 minutos, podría acercarlo a casa de su padre, lo cual Gustavo aceptó con gusto.

En casa de Verónica también había sonado la alarma del reloj despertador y despertó apresurada, pero después recordó que no tenía clases por la situación del sismo, lo cual la relajó un poco. Se quedó en pijama. Incluso se asomó por la ventana que daba a la calle y vio que ya no se encontraba personal de la prensa, el cual acechó su casa desde el jueves hasta el sábado por la noche, entonces eso la tranquilizó más. Sin embargo, también estaba confundida por todo lo que había pasado posterior al sismo y reflexionó sobre su cambio en la vida a raíz de esta situación, incluso se sintió apenada con ella misma.

-¡Debo estar loca! Cambiar así como así no creo que esté bien… Una cosa es que salimos ilesas del temblor, pero no por eso ahora saldré con cuantos chicos me quieran conocer… Lo malo es que yo le dije a Alex que fuéramos a tomar un café mañana y creo que ya me arrepentí -Verónica se quedó sentada en la cama-. Le contaré a mis tías y veré qué opinan.

Gustavo ya se encontraba en camino a casa de su padre, y su madre, que siempre escuchaba las noticias en la radio del auto, comentaba con él cómo el sismo del 19 de septiembre había cambiado y afectado a mucha gente. Claro, ella se refería más desde el punto de vista general de la situación. Para Gustavo el mensaje cobraba otro sentido porque, efectivamente, el sismo también había generado otras sensaciones en él, como haber conocido a Verónica. Gustavo sólo ponía atención en la plática de su madre y le hacía creer que estaba de acuerdo.

-Oye, hijo, cambiando el tema, ayer que llegamos en la noche no me gustó el espectáculo que estaban dando esa niña Mónica y tú… Al igual que tu hermana, creo que esa niña no es buena compañía. Ya una vez te hizo sufrir y no quiero que te vuelva a pasar, pero es tu decisión.

Gustavo, ante el cambio de tema, entendió que su mamá era muy inteligente y por eso le ofreció acercarlo, realmente no era para hacerle un favor y hablar del sismo. Él sabía que la actitud del ayer en la noche había incomodado a su madre y Karla.

-No, mamá, no te preocupes. Sólo salimos y ya, pero la verdad es que no dejo de pensar en la niña que conocí en el bazar. ¡Hasta me compró una camiseta!

Su madre no dijo ni una sola palabra, sólo le sonrió y respondió:

-Bueno, hijo, te dejo aquí. ¡Ah! Y eso de que tienes que llegar a casa de tu papá para estudiar… Nadie se la creyó. No sé qué planeas, pero no vayas hacer ninguna locura, ¿okey?

Gustavo también sonrió, confirmando aún más que, efectivamente, a una madre no la puedes engañar, pues conoce perfectamente a sus hijos, y no fue la excepción con Gustavo.

-No, mamá, no te preocupes. La verdad es que sólo quiero ver si puedo investigar dónde vive esa chica. Esa es la verdad y quise pasar a su colegio a investigar.

La madre de Gustavo también comprobó que tenía razón en cuanto a que algo tramaba, pero simplemente le dijo:

-¡Suerte, detective Hernández!

Él bajo del coche con una sonrisa porque su mamá había descubierto su plan, pero se sentía más tranquilo porque si en alguien podía confiar algo tan íntimo, era su madre, que para esa época no era muy común.

Gustavo caminó unas cuadras hacia el colegio y muy cerca del lugar llegó a sentir un poco de escalofríos al ver alrededor la zona acordonada, trabajadores en las labores de limpieza de los escombros y una grúa quitando partes de las losas del edificio colapsado. A diferencia de aquel jueves, que había patrullas de la policía, ambulancias y bomberos, ahora sólo estaba una patrulla de policía con dos elementos adentro y dos elementos afuera, pero, eso sí, custodiando muy bien la entrada, lo cual significaba que no sería fácil entrar para Gustavo.

Sigilosamente, Gustavo evitó que lo vieran los policías y empezó a pensar cómo podría colarse en el interior del colegio sin que lo vieran. Buscó alguna entrada tipo clandestina, pero no había forma. «¡Estoy loco al estar aquí! Pero, si llegara a entrar, ¿qué haré una vez adentro?», pensó. Gustavo meditaba y analizaba su plan como buen adolescente impulsivo, el cual no planeó a detalle la noche anterior. Siguió caminando y alcanzó a ver una entrada del estacionamiento del colegio; supuso que se trataba del acceso de los profesores o proveedores y vio también que por ahí entraban y salían algunos trabajadores que sacaban algunos escombros. También pudo ver que había una cuadrilla de trabajadores tomando un descanso, los cuales habían dejado sus cascos y chalecos un poco lejos de donde se encontraban. Entonces se le ocurrió la idea de tomar un chaleco y un casco para entrar como si fuera parte de grupo de trabajadores. Entonces, escondiéndose entre los autos y árboles, logró llegar a donde se encontraban los chalecos, tomó uno y un casco e inmediatamente se los puso. Claro, los nervios lo consumían y empezó incluso a sudar como si viniera del gimnasio, pero se armó de valor, escondió su maleta para no levantar sospechas, tomó aire y ya con el chaleco y el casco caminó hacia la entrada. Gustavo pasó por un grupo de trabajadores que ni siquiera notaron que él fuera ajeno a todo el grupo de trabajadores; como eran demasiados, pasó desapercibido y se dirigió hacia la zona de enfermería y oficinas, que era la parte que ubicaba muy bien y donde había visto por primera vez a Verónica. Sin embargo, una vez ahí, logrando lo más complicado de la "misión", ya no supo qué más hacer y comenzó a entrar en pánico. Entonces lo único que se le ocurrió fue irse rápidamente al área de baños del patio de recreo, que estaba a un costado de la enfermería. «¡Sí, definitivamente estoy loco! Si me descubren, ¡me voy a meter en un gran pedo!», pensó. Era evidente que estaba muy nervioso y ya no sabía cómo proceder con su plan, así que se quedó en el baño; incluso en su mente sonaba la canción de *Axel F* de la película *Beverly Hills Cop*, sintiéndose Gustavo todo un Eddie Murphy.

Sonaba el teléfono en casa de Verónica. Se trataba de Montserrat, que quería hablar con ella, ya que se había quedado algo inquieta por la reacción de su amiga del día anterior y todo este tema de su nueva actitud ante la vida, así que comenzaron a platicar.

-¿Entonces ya no vas a hacer esto del cambio y las revelaciones que tuviste durante el fin de semana? ¡No sabes qué tranquila me dejas! ¡Pendeja! ¡Pensé que hablabas muy en serio y hasta te llegué a imaginar toda punk y con piercings en un concierto de Caifanes! -le reclamó Montserrat a Verónica y ésta sólo comenzó a reír.

Pero empezaron también a reflexionar nuevamente de lo afortunadas que eran al haber salido ilesas del sismo y no con la suerte de sus compañeras. Incluso llegaron a comentar que haber salido el fin de semana al bazar tal vez no haya sido la mejor idea y que debieron guardar cierto luto por lo sucedido.

-¿Sabes, Montserrat? No estoy tan de acuerdo con eso. Creo que mi papá tuvo razón en decirme que saliera y siguiera con mi vida. Claro, después de todo esto, creo que todo fue muy bizarro. Y mira, haber conocido a Gustavo lo tomaré como un momento bonito dentro de todo esto tan malo.

-Oye, pero ¿regresarás al bazar el próximo sábado? ¿O planeas seguir viendo a Alex después de ese cambio de actitud? Yo no sé qué haría -cuestionó Montserrat a Verónica.

-Mira, me da pena cancelarle a Alex, así que de todos modos iré con él a tomar ese café, tal vez en un lugar donde no estará con sus amigos ni se presentará el ruido de las bocinas de una disco. Así puedo conocer más de él. Y sí, sí quiero regresar al bazar; no sé si este sábado u otro día. Creo que idealicé mucho a Gustavo, capaz que en estos momentos él ni siquiera está pensando en mí o está en su escuela con sus amigos. Entonces no quiero emocionarme.

Y así continuaron su la conversación en el teléfono las dos amigas.

En ese momento, Gustavo seguía escondido en el baño del colegio de Verónica y, como era un colegio sólo de mujeres, él no se había percatado de ese detalle. Es más, ni siquiera se lo cuestionó porque seguía pensando cómo carajos iba a conseguir una pista del teléfono de ella. Entonces sólo pensó: «Creo que fue una idea bastante pendeja». Sorpresivamente, en ese momento ingresó al baño una de las monjas del colegió, la hermana Fernanda, que incluso se asustó un poco, pero Gustavo más.

-¡Perdón, perdón! Creí que podía usar este baño. Soy uno de los trabajadores -dijo Gustavo, defendiéndose como si ella fuera un policía y no la monja del colegio.

En ese momento, la hermana lo miró detenidamente de arriba abajo y entrecerrando los ojos le respondió:

-¡Yo a ti te conozco! ¿No eres el chico que estaba en la enfermería el día del temblor? Además, ¡¿qué haces aquí?! -la hermana comenzó a interrogar con más preguntas.

Gustavo también la miró y sí, efectivamente, también la recordó de aquel día en la enfermería. Entonces Gustavo comenzó a calmarse y a calmar a la monja, y, como si se tratara de alguien más familiar, comenzó a contarle la historia del encuentro con Verónica. La monja lo escuchaba atenta, aunque un poco incrédula de la historia, pero a la hermana Fernanda, analizando la historia de Gustavo, le parecía más que una casualidad y cercana a algo divino, según ella.

La monja parecía ser una persona joven y no la típica monja regañona de edad adulta de la que generalmente todos tienen idea.

-Entonces ese día en el bazar no pude pedirle su teléfono…, así que creí que, si venía al colegio, alguien podría decirme algo sobre Verónica.

La hermana Fernanda comenzó a analizar la historia, pero también analizaba a Gustavo. Todo le parecía de cierta manera divertida y veía cómo él había hecho todo por lograr conseguir alguna pista de Verónica. También entendía que simplemente se trataba de un romance de adolescentes.

-Mira, jovencito, dar información de las alumnas del colegio es algo completamente prohibido porque el patronato cuida mucho la información confidencial de las familias del colegio y yo puedo meterme en un problema muy grande.

Gustavo la escuchaba atento y sabía que tenía la razón, aún más cuando entendía que su idea descabellada no tenía nada que ver con algún personaje de acción de las series de TV de detectives. Incluso pensaba qué hubiera hecho Magnum, el investigador privado. Pero él sabía que la hermana Fernanda tenía toda la razón.

-Lo siento, hermana…, pero no se me ocurrió otra idea y pues no quise esperarme a que pasaran dos semanas sin saber nada de ella -respondió cabizbajo.

La hermana Fernanda sintió mucha ternura por Gustavo y le quedó claro que las intenciones de él eran muy sinceras e incluso le pareció un muchacho muy bueno. Gustavo continuó disculpándose de toda la situación, pero la hermana Fernanda, en un buen gesto hacia él, sólo le dijo:

-Mira, me metería en un problema si doy su número telefónico, pero tal vez no me meta en problemas si te digo que ella vive muy cerca de aquí. Creo haber escuchado que en el fraccionamiento de los Olivos. Y creo que tendría más problemas si te digo que en la calle de jardín, pero, como te repito, me metería en problemas si te dijera eso…

La hermana Fernanda le guiñó el ojo. Gustavo, emocionado, abrió los ojos y una sonrisa iluminó su rostro.

-Le prometo que no diré nada porque usted no me dijo nada -dijo Gustavo y también le guiñó el ojo a la hermana Fernanda.

-Bueno, joven Gustavo, ahora tenemos otro pendiente: sacarlo de aquí sin que las demás hermanas o alguien de las oficinas lo vean, porque entonces ambos sí estaríamos en problemas.

Entonces, en complicidad, ambos comenzaron a planear la ruta de escape de Gustavo. Lo que se les ocurrió fue que Gustavo sacara unos bultos de basura, labor que tenía que hacer la hermana Fernanda. Entonces tomaron los bultos e hicieron parecer que él, un trabajador del grupo, le estaba ayudando a cargar eso bultos pesados. Caminaron hacia la salida del estacionamiento. Un supervisor los vio pasar y se les quedó mirando muy serio. Gustavo y la monja se pusieron nerviosos y él pensaba que sería descubierto.

-¡Hermana! -le gritó el supervisor y ambos se congelaron-. Creo que aquí hay un error -dijo con un tono muy fuerte-. ¡Usted no debería cargar ese bulto! ¡Deje que este muchacho lo haga por usted!

El supervisor le quitó el bulto y se lo puso a Gustavo encima de los otros dos que él cargaba, lo cual incluso casi le dobla las piernas de lo pesado y, claro, por el nervio por ser descubiertos.

-¡Yo no sé por qué contratan personal tan debilucho! ¡Cuando termines de sacar esos bultos regresa con tu cuadrilla, muchacho!

La hermana Fernanda y Gustavo respiraron aliviados y él sólo contestó:

-¡Sí, jefe!

Los cómplices continuaron hacia la entrada.

-Si la madre superiora se hubiera enterado de esto, ahora estaría en penitencia de pan y agua.

Gustavo, que estaba más que agradecido y contento con la hermana, le respondió:

-¡Hermana Fernanda, no merece un castigo después del milagro que me dio! ¡Muchas gracias!

La hermana Fernanda vio cómo se marchaba Gustavo y moviendo la mano se despidió de él con una sonrisa. Entonces volteó hacia el cielo.

–Señor, no hice nada malo, sólo le di un empujón en nombre del amor, ¿verdad? -preguntó la hermana Fernanda y regresó a sus labores.

Gustavo fue a devolver el casco y el chaleco, pero ya nada sigiloso porque estaba feliz. Su plan, aunque era un muy mal plan, al final salió bien gracias a la ayuda de la hermana Fernanda. No había conseguido el teléfono, pero sabía dónde vivía Verónica.

-Sí, tienes razón, Verónica. Como son los niños, seguramente el tal Gustavo debe estar ahora con sus amigos en el estacionamiento de la escuela oyendo música y hablando de chicas, ya ves qué inmaduros son -concluyó Montserrat.

CAPÍTULO 7

TE SALGO A BUSCAR

Gustavo llegó a casa de su padre e inmediatamente le marcó a Héctor para contarle el éxito de su "misión" en el colegio de Verónica. Cuando comenzaron a hablar, su amigo sólo se reía, pero al mismo tiempo estaba sorprendido de su hazaña, incluso entre risas no lo podía creer.

-¡Qué huevos tienes, Gustavo! ¡Te colaste a huevo en el colegio, cabrón! Si los hubieran atrapado a ti y a la novicia voladora, ahora estarías hablándome desde la correccional.

A pesar del riesgo, Gustavo se sentía como en *Rambo II*, película que hacía unas semanas había visto con sus amigos, pero estaba muy feliz.

-Oye, Héctor, después de la escuela necesito reunirme contigo, Luis y Jorge. Me tienen que ayudar ahora a buscar a Verónica -le pidió a su mejor amigo.

-Oye, cabrón, ¿y no conseguiste también datos de Montserrat? ¡La neta también está bien guapa!

Gustavo sólo le contestó:

-¡No mames, cabrón! ¡Si no soy espía profesional! Es más, no sé ni cómo la libré. ¡Esa hermana Fernanda merece una buena botella de ron!

Héctor sólo se rio y le dijo:

-Mmm, creo que mejor una botella de rompope, no se vaya a embriagar la monjita.

Ambos comenzaron a reír, pero ahora Gustavo tenía en mente una segunda fase del plan: visitar el fraccionamiento de Verónica e indagar dónde vivía. Nuevamente, tenía el concepto del plan, pero no el detalle. Entonces pensó que en complicidad con sus amigos surgiría una buena idea.

Mientras tanto, Alex se encontraba en la universidad con sus amigos en la cafetería, quienes nuevamente le preguntaban si seguía en pie la invitación que le había hecho Verónica. Él, con su porte siempre altanero, contestó que sólo le marcaría más tarde para confirmar la cita y la hora, pero detalló que continuaría con su plan de fingir el ser un tipo sensible y que sus intenciones eran serias con ella.

-¡Eres un cabrón! Pero ¿no te da flojera? ¡Es una niñita de segundo de prepa! ¿O qué?, ¿te sigue doliendo que el tipo del bazar estaba muy entrado con ella?

El comentario, específicamente refiriéndose a Gustavo, encendió a Alex y reaccionó hasta agresivo con su amigo.

-¡Ese pobre pendejo no es más que yo! Y se los digo a todos: voy a terminar andando con Verónica y se la pasaré enfrente de su puestito en el bazar.

La respuesta incluso causó cierto temor en el grupo de amigos y uno de ellos le dijo a otro en voz baja:

-¡Qué miedo este güey! Se me hace que ya se enculó en algo que no va a jalar…

Alex respondió muy agresivo al comentario.

-¿Qué dijiste, pendejo?

Los dos amigos, muy sumisos, bajaron la cara y sólo contestaron:

-Nada, Alex. Seguro que lo harás -dijeron y continuaron desayunando en la cafetería.

Efectivamente, Alex, como lo había comentado con sus amigos, ya en la tarde en su casa le marcó a Verónica y fingiendo, como lo tenía planeado, habló muy cordial y demasiado lindo. Ella no pudo evitar decirle que en realidad quería cancelar la cita y por pena simplemente accedió.

-¡Excelente! ¡Estoy seguro de que la pasaremos muy bien! Pasó por ti a las 5. Y de verdad, Verónica, ya muero por verte.

Verónica llegó a sentirse un poco mal porque no sentía el mismo entusiasmo que Alex, pero simplemente pensó que sería un café, platicar y estar de regreso en su casa, así muy simple y como amigos. Pero Alex, al colgar la bocina, sólo comenzó a reír de manera malévola y diciéndose a sí mismo: «Pobre niña tonta, ¡pero ésta ya cayó!». Simplemente, conservó esa sonrisa y comenzó a arreglarse para la cita. Estaba convencido que la conquistaría.

Faltaban unos minutos para que el reloj marcara las 5:00 p.m. y Verónica se había arreglado para lucir bien, pero no con ese mismo esmero que tuvo ese domingo para ir al bazar. Entonces decidió estar más relajada. Le daba unos toques a ese copete de su larga cabellera cuando, en ese instante, llegaron sus tías simplemente para ver cómo se sentía y si ya estaba lista.

-¡Qué bonita mi sobrina! ¡Eres una princesa! -dijo emocionada la tía Isolda.

Las dos tías la miraban como cuando Verónica tenía 4 años y fue elegida reina de la primavera, incluso comenzaron a ayudarla un poco con ese copete. Sin embargo, la tía Imelda tenía la intuición de que realmente estaba animada, pero no como otras veces.

-¿Segura estás bien, Verónica? -preguntó Imelda.

Entonces Verónica decidió, en el poco tiempo que le quedaba, explicarles todo lo que había sentido desde el jueves hasta este día y cómo llegó a confundir que el mensaje era aprovechar todo lo que se le presentará de ahora en adelante, pero que la noche anterior comprendió que no era así del todo y, para ella, Gustavo le parecía una oportunidad interesante de conocer a alguien tan diferente y auténtico, y no Alex, que parecía el tipo de chicos que siempre la buscaban.

-Es que estoy algo confundida, tías. Alex repentinamente cambió su actitud después de que conocí a Gustavo, quien me pareció muy lindo, muy honesto y pensé que lo había idealizado mucho. Y después pensé que no era para tanto, entonces acepté salir con Alex. Qué complicada soy, ¿verdad?

Las tías sólo se miraron entre sí como preguntando quién de las dos contestaría toda esta confesión de Verónica, que les parecía muy sincera y, sobre todo, se sentían muy bien de que tuviera esa confianza con ellas. Entonces Isolda respondió:

-Mira, hija, eres una gran niña y vemos que eres muy madura para tu edad. Los chicos a veces suelen ser muy mentirosos y sólo quieren aprovecharse de estos momentos de vulnerabilidad; sólo te podemos decir que, si tú no quieres nada con Alex u otro chico, tienes que decírselo. Y por nada del mundo dejes que se aprovechen de ti. Así que sí, sal con Alex y aclara con él las cosas.

Verónica escuchaba muy atenta a sus tías y ella también se sentía mejor porque sus reflexiones coincidían con la opinión de ellas.

-Y en cuanto al galán del bazar, como te dijimos el domingo, seguramente lo volverás ver. Estamos seguras. Además, por lo que cuentas de él, parece un buen chico -continuó Isolda

En el fondo, ambas tías preferían a Gustavo, desconocido para ellas, que Alex, un muchacho fanfarrón que coincidía con el sentir de su sobrina. Justo en ese momento sonó el timbre de la puerta. Alex había llegado por Verónica y las tres mujeres bajaron. Ella caminó hacia la puerta un poco más tranquila y segura.

Al abrir la puerta, Verónica vio que Alex nuevamente había llegado con flores y una caja de chocolates. Y no sobra decir que lucía muy atractivo, pues vestía un atuendo muy similar a los policías de esa serie que tenía tanto éxito, *Miami Vice*; lucía como Don Johnson, el actor principal, con unas famosas gafas Ray Ban. Verónica quedó un poco sorprendida por los obsequios y, a pesar de que para cualquier chica el recibir flores es un halago, para Verónica fue un poco incómodo, y más por ver cómo se había esmerado Alex.

Verónica regresó a la casa para dejar las flores y sólo les dio una mirada a sus tías, reflejando esa incomodidad. Pero ellas sólo hicieron señas con las manos de que tuviera calma, pero la tía Imelda le dijo a su hermana:

-Ups... Creo que no le será tan fácil decirle a este muchacho que no se entusiasme; se arregló tanto, ¡parece actor de Hollywood!

Su hermana coincidió con ella.

Una vez que Gustavo salió de la escuela se dirigió a casa de su amigo Luis, donde previamente había quedado de encontrarse. Momentos después llegaron Héctor y Jorge y, una vez reunido el clan de los cuatro chicos, Gustavo comenzó a relatar su "aventura" en el colegio de Verónica. Los amigos escuchaban muy atentos esta vez y, de todas las aventuras y locuras que habían hecho en su corta vida, parecía que la "hazaña" de Gustavo se posicionaba en primer lugar.

-¿Verdad que está loco este cabrón? -le preguntaba Héctor al resto de los amigos.

Entonces Gustavo, después de terminar la historia, pasó a pedirles que ahora tenían que ir al fraccionamiento a buscar la calle que le había dicho la hermana Fernanda y buscar la casa de Verónica. A lo cual sus amigos, emocionados por la primera parte de su aventura, no dudaron en ayudarlo. Incluso Luis casi casi tenía un pie adentro de su coche y las llaves para arrancarse e ir a esa búsqueda, pero Gustavo los calmó a todos y dijo que debía pensar bien cómo sería la logística de su plan. Todos empezaron a soltar ideas que, en general, eran malas. Seguían analizando la situación, como si fueran cuatro militares tratando de invadir un país. Y mientras estaban pensando en la lluvia de ideas, Jorge interrumpió con un ronqueo y se dirigió a Gustavo.

-Ejem, ejem. Oye, cabrón, tienes visita; la *rock star* Mónica te busca.

Gustavo volteó rápidamente para cerciorarse y, efectivamente, Mónica estaba en su coche. Ella bajó la ventanilla y sin titubear le dijo a Gustavo:

-Hola, guapo. Ayer dejamos pendiente una buena despedida, ¿no crees?

Sus amigos voltearon a ver a Gustavo con una actitud de reclamo porque no les había contado esa parte de la historia.

-Tranquilos, bebés, no les voy a robar a su amigo. Es más, que bueno que los veo a los cuatro. Venía a invitarlos para este viernes porque voy a tocar con la banda en una fiesta que será de paga, pero los boletos están contados y no será tan abierto a todos.

A los cuatro adolescentes les entusiasmó la invitación. Inmediatamente, Gustavo y Héctor se acercaron al coche para que Mónica les explicara los detalles. Ella les dio los boletos.

-Se va a poner muy bien, la organizan unos universitarios de segundo semestre y me contrataron para tocar con la banda. Espero verlos ahí, bueno, a ti en especial, Gustavo. A los otros tres cazafantasmas realmente no -afirmó en tono burlón y Mónica se despidió y se fue en su auto.

-No mames, Gustavo. ¿Pues qué hicieron ayer que no nos contaste, cabrón? -preguntó Jorge y los otros dos amigos esperaban la respuesta de Gustavo, pero no quiso detallar y sólo le dijo que habían salido a dar una vuelta.

Mientras Gustavo hablaba, Luis interrumpió con un grito:

-¡Gustavo! ¡Mira, cabrón! ¿Ya viste dónde será la fiesta donde tocará tu ex la Morticia Adams del rock?, ¡en el fraccionamiento Los Olivos!

Todos revisaron los boletos, confirmando que Luis tenía razón.

En ese fraccionamiento es muy común que todas las chavitas de ahí vayan a las fiestas de los vecinos. ¡Sí, ese fraccionamiento es como una sucursal de ángeles! -explicaba Jorge a los demás.

Gustavo pensó que tal vez podría ser otra idea para el plan de salir a buscar a Verónica, pero su desesperación hizo que siguiera en pie la búsqueda del día siguiente. Todos se miraron y estuvieron de acuerdo, incluso les dijo que le pediría el auto a su mamá o a Karla. Quizás con un golpe de suerte podría encontrarla.

-¡Y qué mejor que me viera manejando! ¡Como si yo fuera un jinete en un corcel en búsqueda de su amada! -dijo emocionado Gustavo.

-¡No mames, Gustavo! ¡Sonaste muy puto! -exclamó Héctor.

Los demás se unieron a la burla con algunos golpes y jugueteos.

Verónica, ya en el auto con Alex, quien no paraba de hablar y adularla, algo que realmente la hacía sospechar de sus intenciones con ella, también, de reojo, analizaba cómo iba vestido Alex y lo comparaba con Gustavo. «¿Por qué viene vestido como si fuéramos de fiesta a Miami? Me gustan más esas botas vaqueras raspadas que usa Gustavo que las alpargatas de Alex. Caray…, ¡me siento igual de incomoda que aquella vez del día en el video bar!», pensó.

-Te ves muy bien, Verónica. Pero creo que si usaras falda te verías un poco más femenina.

El comentario bastante fuera de lugar a Verónica no le gustó y sólo pensó: «¡Ahora resulta que me tiene que decir cómo vestirme! ¿Qué tiene de malo mi ropa?». Ella se sentía molesta. Pero eso era parte del plan de Alex: jugar con las emociones de ella, así como generarle subidas y bajadas de ánimo, lo que hacía que Verónica quedara más confundida. Claro, Alex era un joven universitario de 19 años y se sentía como un tipo con mayor experiencia en cuanto a citas con chicas, y ella sentía que él no era honesto o quería engañarla. Curiosamente, en la radio se escuchaba la canción *Me Quieres Cotorrear* de Kenny y Los Eléctricos, que venía perfecto a colación.

Cuando llegaron al café, era evidente que Verónica no quería estar ahí; incluso Alex lo notó y comenzó a esmerarse en su plan de conquista y buscaba hacer plática valiéndose de todos los pretextos posibles.

-¡Oye! El viernes habrá una fiesta a unas calles de tu casa; la está organizando mi generación de la facultad. ¡Deberíamos ir! ¿Quieres ir? Se pondrá de "pelos". Incluso va a tocar un grupo de rock de una chavita que lo hace muy bien. ¿No quieres ir conmigo?

Verónica meditó acerca de la invitación porque, aunque que todavía no lo tenía definido, tentativamente su plan era regresar el sábado al bazar para buscar otra vez a Gustavo. Ella simplemente respondió:

-No sé si podré ir… Tú sabes cómo han estado los días desde el temblor y no sé si estoy para ir a fiestas o cosas así.

Alex no quiso insistir y simplemente le propuso que le haría bien ir, y para que no se sintiera tan comprometida con él, simplemente se podrían encontrar ahí y ya. Verónica, a quien le costaba trabajo decirle no como respuesta, aceptó, pero también le dijo que seguramente iría con sus amigas, incluyendo a Montserrat, que también vivía en ese fraccionamiento.

Alex jugaba muy bien sus cartas y entendía que no debía presionar, entonces comenzó a portarse muy lindo y gracioso con ella, logrando que le robara varias sonrisas y una que otra risa discreta. Verónica comenzó a creer que Alex sólo se estaba portando como un simple buen amigo y con esa actitud "agradable" pensó que sólo se trataba de un simple café. Continuaron tomando café. Alex en su interior sabía que su juego de manipulación estaba funcionado, pero con el fin de saber más de Gustavo, sutilmente sacó al tema el bazar, preguntando cómo la había pasado ella, independientemente de cómo se portó él aquella vez. Verónica, pensando que ahora Alex era un buen amigo, y tal vez por su ingenuidad, hizo que espontáneamente platicara a medias que había conocido a un chico de un puesto del bazar, lo que lo confirmaba para Alex, quien comenzaba a armar los cabos sueltos del día que la vio con Gustavo. Logrando contenerse, Alex, muy indiferente, comenzó a inventar falsas historias de la gente que atendía puestos en los bazares.

-Y sé que mucha gente de ahí no es de fiar, ¡no sabes de dónde obtienen la mercancía que venden! ¡A veces creo que algunas cosas son robadas!

Esa indiferencia nuevamente ponía a dudar a Verónica porque, en el fondo, sólo había estado con Gustavo un par de horas y realmente no sabía todo de él.

De regreso a casa de Verónica, ella se había quedado con la duda de las historias de la gente del bazar.

-Pero ¿de dónde sacas eso de la gente del bazar? A mí me parecen personas normales que simplemente les gusta vender, y eso no creo que sea algo malo, ¿no crees? -dijo Verónica, cuestionando las historias extrañas que le había contado Alex.

Alex sabía que haber inventado eso la hacía dudar de Gustavo, pero simplemente le contestó:

-Es lo que mucha gente piensa, sólo ten cuidado.

Inmediatamente, Alex cambió el tema, pero satisfecho de sembrar la duda en Verónica.

Gustavo y sus amigos seguían poniéndose de acuerdo para el día siguiente para ir a buscar a la casa de Verónica.

-Oye, Gustavo, pero si ya sabes cuál es la calle donde vive esta chavita, ¿qué piensas hacer?, ¿tocar de puerta en puerta? -la pregunta de Luis dejó mudos a los demás.

Efectivamente, Gustavo aún no tenía idea de que haría.

-¿Por qué no vamos a hacer lo que hacíamos cuando espiábamos a tu ex Mónica cuando te decía que no saldría de casa? ¡Ya teníamos 3 horas adentro del coche y llegó con un cabrón en una moto que era igualito a *Terminator*!

El resto de los amigos comenzó a reír y burlarse de esa anécdota. Pero, aun así, Gustavo seguía firme con su plan de explorar el fraccionamiento y la calle de Verónica para encontrarla, aunque no tenía la menor idea de cómo hacer para encontrar su casa. Simplemente, no dijo nada al respecto y continuó organizándose para el día siguiente, pero en el fondo deseaba optimistamente encontrar a Verónica.

Una vez acordado el plan, los amigos se despidieron y se fueron para sus casas.

-Seguro algo se nos ocurrirá mañana, amigo -le dijo Héctor a su mejor amigo y los dos sonrieron.

Al día siguiente, una vez que Verónica y su grupo del colegio se estaban habituando a las clases "temporales" en casa, en una pausa, tomó el teléfono y le marcó a Montserrat. Ésta inmediatamente comenzó a preguntarle cómo le había ido con Alex en el café y ella empezó a relatar con detalle todo lo que había sucedido.

-¡Oye, güey! Pero sí le dejaste en claro que no quieres nada con él, ¿verdad?

Verónica, ante la pregunta, simplemente respondió que no, pero le explicó que, según ella, él no demostró otra cosa más que ser amigos.

-¡Sólo recuerda que los niños son como cavernícolas! ¡No nos entienden! A veces creen que un no es sí y un sí es no...

Verónica no quiso entrar en detalles del tema y simplemente lo cambió abruptamente.

-¡Oye, Montserrat! Me dijo Alex que el viernes habrá una fiesta y creo que es a la vuelta de tu casa, ¿lo sabías? -comentó Verónica con un tono de emoción para evadir el tema de Alex, además, cuando se trataba de fiestas o ir a bailar, Montserrat era la más entusiasta.

-¡Sí! Me enteré ayer por mi hermano que estudia en ingeniera. La organiza la generación de segundo semestre, que, de hecho, es la generación de Alex...

Verónica comenzó a contarle que Alex le había propuesto ir juntos, pero finalmente acordaron encontrarse ahí.

-Fue lo mejor que pudiste hacer, así no hay compromiso de estar con él.

Animadas, las amigas comenzaron a planear la ida a la fiesta que, al parecer, se estaba convirtiendo en un "gran evento" de la zona.

-Oye, y dicen que tocará un grupo de rock. ¡Yo he visto a la vocalista y es toda una vampiresa! Toca muy bien, ¡pero lo que tiene de talentosa lo tiene de mamona! Y todos los niños quieren ligarla.

Verónica escuchaba atenta, pero jamás se hubiera imaginado que hablaban de la ex novia de Gustavo. Ambas amigas siguieron armando su plan para asistir a la fiesta, pero Verónica también aprovechó la llamada para contarle lo que Alex, según él, sabía de la gente del bazar y cómo casi había hecho una descripción de un mercado negro donde traficaban con personas y drogas.

-¡¿Cómo crees?! ¿Desde cuándo vender jeans jordache y *top siders* es delito? ¡Está pendejo! Mira, Verónica, yo creo que simplemente sintió envidia de Gustavo porque Alex es un niño mimado que todo se lo da papi, y Gustavo y su hermana lo hacen para pagar la escuela. Además, ambos se ven chavos decentes. ¡No lo peles!

Esas palabras calmaron más esos impulsos de inseguridad que de repente Verónica tenía. Era muy claro que en el tema del amor ella era más novata que Montserrat o sus otras amigas.

-Mira, creo que, si vamos a la fiesta el viernes todas en grupo, Alex no tendrá forma de estar pegada a ti toda la noche. Bueno, a menos que tú quisieras bailar una canción de las tranquilitas de Mecano o Flans, ja, ja, ja, ja.

-Qué pendeja eres, Montserrat, ¡claro que no!

Ambas comenzaron a reír.

-Bueno, y si fuera Gustavo el que te sacara a bailar, ¿aceptarías?

Verónica, muy tímida y discreta, contestó que sí. Eso hizo pensar a Verónica lo mal que estuvo no haberse intercambiado el número de teléfono y comenzó a imaginarse con él, efectivamente, bailando una canción tranquila y romántica.

Justo cuando terminó la llamada con su amiga, Verónica encendió la radio y el locutor de moda en ese instante, quien parecía que había escuchado la conversación de ellas y puso una canción que Verónica relacionó con Gustavo. "Y para esta mañana fría aquí en rock 101 les dejo esta rola para esas parejas que no les gusta despedirse. Suspiremos con Mecano y su éxito: *Me Cuesta Tanto Olvidarte*. Ufffff, suspírenla, chavos". Verónica, obedeciendo al locutor de la radio, sólo se dejó caer en la cama y pensó en Gustavo.

Ya entrada la tarde, después de que llegara a su casa, Gustavo estaba lavando el coche de su mamá porque más tarde comenzarían con el plan de búsqueda.

-¡No mames, Gustavo! ¿De aquí a cuándo lavas el coche de mamá? Además, no quiero ser pesimista, pero ¿ya viste el cielo? Va a caer una tormenta, ¡acuérdate que un día antes del temblor también cayó una tormenta! -muy segura, como una reportera del tiempo, le decía Karla a Gustavo.

-Me lo prestará porque después de la escuela voy al cine con mis cuates.

Karla lo miró fijamente.

-¡No me engañas, hermanito! ¿No será que vas a ver a tu ex? Digo, como el domingo los encontramos muy efusivos "despidiéndose" afuera de la casa, ¡no sé si tengas más pendientes con esa zorra rockera!

Gustavo sólo la miró muy serio y le dijo que no saldría con ella, pero sabía bien que lo del pretexto del cine con los amigos no era buena idea. Entonces comenzó a contarle todo sobre lo que hizo para conseguir algún dato de Verónica. Al escuchar toda la historia, Karla no sabía si enojarse o reír de su hermano. Ella era más grande que él y Gustavo pensó que su hermana lo delataría, sin embargo, a Karla le pareció un gran gesto.

-¿Sabes, galán? Si yo hubiera tenido un admirador así como tú y hubiera hecho todo eso, ¡sería una pendeja si no anduviera con él! Espero que logren encontrarla, aunque con el "pelotón chiflado" de tus cuates seguro parecerán una historia de *Loca Academia de Policías*, ja, ja, ja, ja, ja.

Karla abrazó a su hermano y le dio un beso en la mejilla. Gustavo estaba contento por el comentario de su hermana y continuó lavando el auto.

Instantes más tarde, llegaron Héctor, Luis y Jorge. Efectivamente, Karla tenía razón: el cielo comenzaba a relampaguear. Los amigos de Gustavo sólo miraban al cielo, contemplando que se acercaba una fuerte tormenta.

-¿Seguimos con el plan o mejor nos quedamos a ver la telenovela de quinceañera? -preguntó muy inocente Jorge.

Pero Gustavo, como un capitán de un barco, evidentemente les dijo que no y que el plan continuaría. Entonces se subieron al coche y se dirigieron hacia el fraccionamiento donde vivía Verónica. No llevaban ni tres calles cuando la tormenta comenzó e incluso comenzó a caer granizo, pero todos al interior del coche no decían ni una sola palabra, sólo se escuchaba la música, que se perdía con el fuerte ruido del granizo que se impactaba en la lámina del coche.

-¡No seas mamón! ¡Pinche diluvio universal! -exclamó uno de los amigos, pero Gustavo continuaba conduciendo con mucha precaución porque la visibilidad no dejaba ver más allá de 3 metros adelante del auto-. ¡Pinche Gustavo! ¡No mames! ¡Mejor párate! ¡No se ve ni un carajo!

Ante la petición de sus amigos y la fuerte tormenta que también comenzó a ponerlo nervioso, Gustavo decidió estacionarse.

La tormenta no paraba; ya llevaban más de media hora ahí estacionados y los 4 adolescentes ya no hallaban ni qué hacer. Luis hacía dibujos en los cristales empañados del coche, Jorge, de plano, se puso su Walkman y escuchaba su música y Héctor prendió un cigarrillo y empezó a fumar, dejando sólo una pequeña abertura del cristal para que saliera el humo. Realmente, el interior del coche era un caos, pero más el plan de Gustavo, pues él sólo estaba ya muy ansioso porque bajara la tormenta y pudieran seguir con el trayecto. Si Alex hubiera visto la escena de los cuatro amigos, no podría sentirse más satisfecho, porque parecía que esa tormenta se sumaba a los planes para que Gustavo y Verónica no se encontraran.

Momento más tarde, la lluvia comenzó a disminuir y ya se veía la calle con más claridad para conducir, lo que Gustavo hizo inmediatamente. Incluso Héctor, como buen copiloto, le advertía que tuviera cuidado porque, con tanto encharcamiento de las calles, algunos baches se confundían. Y como una invocación para frustrar el plan de Gustavo, no terminaba de decir la frase Héctor cuando, ya se encontraban adentro del fraccionamiento, sólo se escuchó un golpe muy fuerte en la parte delantera del coche que asustó a los cuatro amigos. De repente, el coche ya no pudo avanzar.

-¡No mames, no mames! ¿Qué pasó? -preguntaba Gustavo desconcertado y sus amigos igual, pero también notaron que el auto estaba más inclinado de la parte derecha del frente.

-Caímos en un bache -dijo Héctor con un tono de voz muy bajo.

Nuevamente comenzó a llover, no con la misma intensidad minutos antes, pero parecía que el destino ese día no estaba a favor de Gustavo.

Los 4 amigos, con todo y la lluvia, comenzaron a analizar la situación del coche y empezaron a ingeniárselas para sacar el auto de aquel hoyo. Sin decir palabra, trabajaban muy organizados; parecía que todos sabían leer la mente de cada uno, entonces, con la poca herramienta que tenía el coche de la madre de Gustavo y mucho esfuerzo físico de los cuatro adolescentes, finalmente lograron sacar el auto. Luis era el más "experto" en temas de mecánica.

-¡Me carga la chingada! Mi mamá me va a matar -muy consternado le decía Gustavo a sus amigos, pero también frustrado porque el salir a buscar a Verónica no tuvo ni siquiera un comienzo bueno.

-¡Tranquilo, Gustavo! Tienes suerte de que fue sólo el golpe y sólo hay que hacer cambio de la horquilla de la dirección -dijo Luis haciendo su diagnóstico; además de ser el más experimentado del grupo, su padre tenía un taller mecánico-. Mañana lo llevamos al taller de papá y en un rato quedará listo; digo, para que tengas argumentos de defensa con tu mamá.

Gustavo y los otros dos amigos respiraron más tranquilos, pero los tres amigos sabían que eso no era lo que lo tenía así, más bien fue que no lograron siquiera llegar a la calle de la casa de Verónica.

-Les propongo algo. Aquí adelante está Leo's Pizza; yo invito -les propuso Luis a los demás, quienes aceptaron con gusto porque, entre la fuerte lluvia, el golpe del auto y las maniobras que hicieron, una pizza sería la mejor recompensa.

Pudieron cerciorase de que el auto caminara; tan sólo tenía ese ligero ruido que hacía a consecuencia del golpe. Pero ir a cenar algo sería un premio para los cuatro amigos.

-No sé ustedes, pero tengo mucha hambre y en la oficina sólo me comí un sándwich, ¿no quieren unas pizzas? -preguntó Fernando, el padre de Verónica, y tanto las tías como Verónica y María, de la limpieza, dijeron que sí.

La tía Isolda se ofreció a hacer la llamada para ordenar las pizzas, pero quien contestó el teléfono de la pizzería le comentó que, por la lluvia, no contaban con servicio a domicilio; entonces tendrían que pasar ellas por el pedido.

-Bueno, ¿alguien me quiere acompañar? -preguntó Isolda, pero su hermana y su hermano fingieron no escucharla y Verónica entendió que sería ella la acompañante.

-Yo te acompaño, tía; así me distraigo un poco.

Entonces Isolda y Verónica salieron hacia el restaurante para recoger las pizzas, sin imaginar que en ese momento Gustavo y sus amigos estaban entrando al lugar para cenar.

-Oigan, amigos, lamento todo este desmadre, pero no conté con esta pinche tormenta.

Los cuatro amigos se miraban el uno al otro; estaban completamente mojados y sucios por haber sacado el coche del hoyo, pero también hambrientos. Incluso una pareja que estaba en la mesa contigua los miraba y les causaba gracia verlos así. Los amigos no perdían el sentido del humor y, evidentemente, Gustavo era el blanco de las bromas.

Comenzaron a probar la pizza que el mesero ya estaba dejando en su mesa. Pasaron unos minutos y prácticamente los cuatro amigos devoraron la pizza. Entonces Gustavo les avisó que iría al baño, aunque los otros tres amigos sabían que no la estaba pasando bien.

-¡No mamen! Pinche Gustavo se siente peor que un insecto. Y creo que este güey se súper enculó de esa chavita. Yo creo que se fue al baño a llorar, ja, ja, ja, ja, ja, ja -comentó Jorge con un tono burlón.

Pero tanto Héctor como Luis sabían que, dejando las bromas a un lado, Gustavo sí había quedado muy atraído por Verónica y podían entender que su "gran plan" no había funcionado.

-¿Pues qué está muy bien la chavita esta? -le preguntaron a Héctor-. ¡Güey ve a ver si no se está cortando las venas en el baño el pinche Gustavo! ¡Tú eres como su novio, cabrón!

Otra vez comenzaron a reírse los tres, pero finalmente Héctor sabía que ellos tenían razón y, como su mejor amigo, se levantó de la mesa y se dirigió al baño.

Cuando llegó Héctor al área del baño, en ese preciso momento ingresaban al restaurante Verónica y su tía. Jorge y Luis no se percataron hasta unos instantes después, cuando la tía Isolda pagaba la cuenta y recogía el pedido.

-¡Mira, Luis! ¡No mames, mira esa vieja! ¡Está bien bonita! ¡Y buenísima! -dijo Jorge refiriéndose a Verónica.

Mientras tanto, en el baño, Héctor trataba de darle ánimo a Gustavo.

-¡Ya tranquilo, cabrón! No es el fin del mundo. Además, eres un desesperado, bien sabías que en dos semanas el colegio ya comenzaría con las clases.

Gustavo aceptaba la especie de regaño de su amigo.

-Sí, tienes razón... Creo que me aceleré a lo pendejo..., pero te juro que ayer que estuve con Mónica no dejaba de pensar en Verónica, y creí que averiguando en la escuela podría volver a verla.

Héctor simplemente lo escuchaba, dejando que se desahogara de su gran pena de amor.

-Mira, güey, el viernes tenemos fiesta y va a estar Mónica. Además, ¡seguro habrá muchas chavitas que podrás conocer! Gustavo, ya resignado y convencido, simplemente le dijo:

-Tienes razón, que las cosas se den como se tengan que dar. Dejaré esta búsqueda, que sólo me causará una puta regañada marca diablo patrocinada por mi mamá.

Cuando los dos amigos salían del baño, también en ese momento Verónica y su tía salían de la pizzería, sin imaginarse que otra vez, y a unos pocos metros, Gustavo y Verónica estuvieron a punto de reencontrarse.

-¡No mamen! Mientras ustedes estaban romanceando en el baño, no vieron a la chavita que venía con su mamá. ¡Estaba súper guapa! Y eso que venía sólo en *pants*. ¡No mames, yo quiero una vieja así! -relató Luis a Héctor y Gustavo.

Sin embargo, Gustavo sólo pensó: «No creo que tan bonita como Verónica». Así, momentos después, los amigos dejaron la pizzería y se fueron para casa de Gustavo, ya resignado a que tal vez volvería a ver a Verónica en otra ocasión, pues en este día de lluvia que intentó buscarla no tuvo éxito.

CAPÍTULO 8
LLEGANDO A LA FIESTA

27 de septiembre de 1985:

Dos días después del frustrado plan de Gustavo para localizar a Verónica, éste se encontraba en el taller del padre de Luis recogiendo el coche de su madre, que, efectivamente, no tuvo daño mayor y la reparación fue muy sencilla.

-¡No mames! ¿Entonces no te castigó tu mamá? ¡Qué buen pedo! -le preguntó sorprendido Luis.

Incluso los mecánicos asintieron como si fueran parte de la conversación.

-Sí, por un lado, pero, por el otro, tengo que pagar de mi lana…, así que le resto al ahorro de comprarme mi nave -explicó Gustavo.

El padre de Luis, que escuchó el comentario, le dijo:

-¡Tranquilo, Gustavo! No será muy caro y te haré descuento. Además ¡esa historia de ir a buscar a la chavita desconocida y caer en un bache! Ya me pagaste de más, ja, ja, ja, ja, ja -dijo el padre de Luis soltando una fuerte carcajada.

-Pinche ojete, le contaste la historia a tu papá – le reclamó Gustavo a Luis.

Luis sólo respondió:

-¡Y deja que vayas a la casa! Mis 5 hermanos te van a joder a más no poder, ja, ja, ja, ja, ja.

Gustavo sólo se sonrojó, pero, en el fondo, la anécdota había sido divertido. Él se despidió de Luis y su padre, pero Luis le dijo:

-¡Ya estamos para hoy en la noche! Esa fiesta se ve que se pondrá chingona.

El padre de Luis sólo lo miró muy serio y Luis fingió no verlo.

Cuando llegaba Gustavo a su casa para entregarle el auto a su madre, al bajarse, sintió la presencia de un auto que le tocó la bocina. Él volteó para ver quién era y se sorprendió al ver a Mónica.

-¡Hola, guapo! ¿Entonces sí te veré esta noche en la fiesta? -preguntó Mónica.

Gustavo se acercó al coche y saludó a Mónica.

-Sí, claro. Ahí estaré con mis amigos. ¿Tú estás lista para tocar?

Mónica comenzó a explicarle que justo se dirigía al lugar para checar los últimos detalles del equipo y dar un pequeño ensayo para la noche. A Gustavo le causaba extrañez que Mónica lo estuviera buscando de manera algo insistente; él fingía que sólo eran buenos amigos y que lo pasado ya no era relevante para ambos.

-Oye, galán, el domingo ya no me dijiste si estás saliendo con alguien. ¿Ya tienes novia?

La pregunta hizo que Gustavo se quedara en silencio por unos instantes y, ante ese silencio, ella le dijo:

-Espero que no. Me puedo poner muy celosa y tú sabes muy bien cómo soy cuando me siento así.

Gustavo sólo sonrió y, aunque en su mente pasó la idea de contarle que había conocido a Verónica, decidió simplemente contestarle:

-No, Mónica, no salgo con nadie.

La respuesta en el fondo entusiasmó a Mónica, pero fingió indiferencia.

-Bueno, entonces cuando termine de tocar podemos bailar un rato, ¿no?

Gustavo sólo asintió, sin decir ninguna palabra. Mónica se despidió tratando de darle un beso en la boca, pero Gustavo movió ligeramente la cabeza para que los labios de ambos no hicieran contacto. Además, recordó lo incómodo que fue aquel domingo cuando su madre y hermana llegaron en esa despedida efusiva justo en el mismo lugar. Ella sólo lo miró retadoramente.

-Bueno, en la noche me desquitaré, guapo.

Mónica arrancó su auto y se fue; Gustavo sólo contempló cómo se alejaba.

-Ups… Creo que a fuerza quiere regresar otra vez, pero no lo sé, no me late…

Gustavo entró a su casa, revisando que alguien no notara la visita de Mónica.

Parecía que la gran fiesta se estaba volviendo el acontecimiento del mes de la zona donde vivían Gustavo, Verónica, Alex, Mónica y todos los demás chicos, pero quizás para muchos era una simple fiesta de adolescentes donde se reunirían, bailarían, tomarían y listo. Pero para todos ellos, en el fondo, era efectivamente un gran evento, que implicaba desde hacer méritos con los padres para obtener el permiso; entonces, a cambio, los jóvenes hacían deberes o simplemente se portaban bien toda la semana. También para muchos implicaba esmerarse para lucir sus mejores prendas; algunas niñas se reunían en grupo para arreglarse y ayudarse a lucir muy bien, y había otros que incluso vendían alguna prenda o equipo de audio para conseguir dinero para las entradas. Muchos lavaban sus autos y los enceraban para que luciera espectaculares para la noche, o no faltaba quien comprara licor y buscara un escondite secreto en su coche y, en lugar de comprar bebidas en la fiesta, tendría el "bar móvil" de manera clandestina. Pero era evidente que a todos, de una u otra forma, les emocionaba una fiesta; era la mejor forma de conocer chicos y chicas, o el lugar perfecto para declararse a alguna chica, o ese día podría ser el rompimiento de alguna pareja.

Así, en lo muchos grupos que planeaban el evento de la noche, Alex se encontraba con sus amigos en su casa y les platicaba a sus amigos que en esa fiesta haría todo para terminar de conquistar a Verónica.

-¿Y sí crees que caiga, Alex? Ya te estás clavando mucho con ella, ¿no?

Como era su costumbre, con una actitud muy vanidosa, Alex les dijo que estaba seguro de que así sería. Incluso les comentó cómo sutilmente habló pestes de la gente del bazar y estaba seguro de que logró hacerla dudar por haber conocido al tal Gustavo. Sus amigos sólo le adulaban, aunque realmente lo hacían hipócritamente porque todos ellos se juntaban con él sólo porque tenía dinero y en cualquier evento tenían la habilidad para hacerlo pagar las cuentas, cosa que Alex, por sentirse el líder, siempre hacía. Sin embargo, en el fondo, Alex sabía que, si no fuera así, realmente estaría sin amigos.

Las tías de Verónica se dirigían con ella a casa de Montserrat, donde llegarían sus otras amigas para alistarse para la fiesta, además, el lugar estaba muy cerca de casa de Montserrat, entonces le daba confianza a la familia de Verónica que ella se arreglara ahí e incluso que se quedara a dormir.

-¿Van a dar de tomar en la fiesta, Verónica? -preguntó la tía Imelda.

-Pues generalmente siempre venden refrescos y bebidas con alcohol, pero yo siempre pido refresco porque las "cubas" las sirven en unas ollas enoooormes y ya cerca de la medianoche se le va el gas al refresco y saben horribles.

Las dos tías se quedaron sorprendidas.

-¿Cómo? ¿No hay un mesero que te sirve las bebidas? Cuando íbamos a fiestas así era, ¡los anfitriones te servían! -exclamó con asombro la tía Imelda.

Ahora era Verónica la que se sorprendió y comenzó a reírse.

-¡No, tía! ¡Eso ya no se usa! Como aquí es por "negocio" sólo es la venta de la entrada y esas bebidas.

Conforme les explicaba a sus tías cómo era la dinámica de las fiestas actuales, ellas cada vez se sorprendían más.

Verónica llegó a casa de Montserrat, quien ya la esperaba junto con sus otras tres amigas, que ya querían comenzar el ritual para arreglarse.

-Con mucho cuidado, niñas. Y cualquier cosa estamos muy cerca -dijeron las tías, dándole las últimas indicaciones a su sobrina.

-¡No se preocupen! Mi hermano estará también en la fiesta, así que él también nos cuida -explicaba Montserrat a las dos tías y eso las dejó más tranquilas.

-Oye, Verónica, pero sí vas a estar con nosotras, ¿verdad? Nada de qué vas a estar toda la noche con el idiota de Alex, ¿okey? ¡Es que no soporto a *Miami Vice*! -declaró Montserrat.

A Verónica sólo le daba risa ver que Montserrat parecía más preocupada que sus tías.

-¡Claro que no estaré con él! Pero sí sé que estará muy insistente.

Entonces el resto de las chicas comenzó a interesarse por el tema; todas en la cama de Montserrat escuchaban atentas porque Verónica las ponía al corriente de cómo los últimos días Alex estaba demasiado interesado en ella. Una de ellas preguntó:

-Y… ¿no te late? Digo, es un niño guapo, tiene dinero, ya está en la universidad…

Verónica sólo frunció el ceño y la nariz como señal de no estar interesada, entonces Montserrat interrumpió:

-¡Mejor cuéntales de Gustavo! ¡Él si te flechó!

Las amigas dejaron de seguir arreglándose y comenzaron a interrogarla; esto parecía ya una escena de la película *Vaselina*…, pero Verónica comenzó a relatar la historia que tenía a las cuatro chicas como si efectivamente estuvieran viendo esa película.

-No puedo creer que no se pidieron el número telefónico, ¡qué pendejos los dos! -opinaba una de las amigas, pero para Verónica parecía una especie de terapia grupal contarles sobre su encuentro con Gustavo.

-¡Imagínate que lo vieras hoy en la noche! Eso sería tan romántico… -comentó y suspiró la amiga más inocente de todas, las demás sólo le aventaron cosas y se rieron.

Gustavo, en su casa, también estaba arreglándose y esmerándose para lucir bien, mientras que limpiaba sus botas vaqueras y decidía qué usaría como prenda de arriba. Entonces volteó y vio la camiseta que Verónica le había dado la vez que se conocieron en el bazar. «¡Me la voy a poner! Yo quería usarla cuando volviera a ver a Verónica, pero, bueno, ya entendí que cuando ella regrese a su colegio la volveré a buscar y no me haré más ilusiones», pensó y continuó con sus preparativos. En ese momento, se acercó a su recámara Karla sin que él se diera cuenta; ella observaba cómo se estaba arreglando.

-¿Ya casi estás listo, Miguel Bosé? ¡No mames, Gustavo! ¿Por qué usan esas botas vaqueras?

Gustavo sólo veía sus botas, que eran su mayor tesoro entre sus prendas de vestir.

-¡Se ven bien! ¡A las viejas les gustan!

Y comenzaron a discutir en broma los dos hermanos.

-¡Hasta eso, te ves bien galán! Y veo que te vas a poner la camiseta de Live Aid que te dio tu novia, ¡iuuuuu!

Gustavo observó la playera.

-Sí. Fue buen detalle, ¿verdad, hermana?

Como en una reacción maternal, Karla se dio cuenta de que Gustavo seguía pensando en Verónica y sólo lo animaba y le hacía entender que no era la única niña, que fuera paciente y que esta noche la disfrutara.

-Oye, ¡pero nada de pasarla con Mónica! ¿Okey? ¡Es que esa niña tiene el colmillo más retorcido que un elefante! ¿Y qué quieres? ¡Soy tu hermana la celosa!

Gustavo comenzó a reír.

-¡No, claro que no! Con ella ya no hay nada, aunque últimamente me busca mucho.

Nuevamente, Karla, en su papel de hermana protectora, le dio indicaciones a Gustavo de que no era buena señal esa insistencia, pero en ese instante la plática se interrumpió cuando sonó el timbre de la casa. Los amigos de Gustavo habían llegado por él para irse todos a la fiesta. Gustavo sólo le dio un abrazo a su hermana y se despidieron muy contentos.

Verónica y sus 4 amigas caminaban ya hacia la entrada de la fiesta. Las 5 chicas lucían radiantes y muy bonitas, incluso muchos chicos que iban solos las miraban y parecía que las 5 niñas caminaban en cámara lenta y un halo de luz las iluminaba; robaban las miradas de todos, también de las novias o acompañantes de algunos de ellos. Curiosamente, en ese momento sonaba la canción *Autos Moda y Rock & Roll* de Fandango. Sin embargo, Verónica, especialmente, lucía encantadora con una minifalda blanca, botines, un chaleco de piel, una chamarra de un color azul eléctrico y su voluminosa cabellera con una diadema amarilla.

Ya mucha gente se encontraba en la fiesta; aunque era en una casa particular, parecía la entrada como de un club nocturno de Nueva York o Los Ángeles. La calle era una pasarela de todos los estereotipos que se pudiera uno imaginar de esa época; parecían muchas réplicas de los personajes de esa famosa película *The Breakfast Club*. Es más, la canción que sonaba al exterior provenía de la fiesta y era la canción titular de esa película, entonces hacía sentir que sonaba a propósito para ejemplificar mejor la llegada de los adolescentes.

-¡Guau! Vino mucha gente; ¡está cañón! -decía una de las amigas de Verónica.

Era evidente que ellas estaban emocionadas, como todo buen adolescente de época.

En la entrada, dos chicos que fungían como los cadeneros aplicaban la misma estrategia de las discotecas de moda en la Ciudad de México: daban preferencia a las chicas que venían solas y dejaban a chicos solos esperando, estrategia que funcionaba porque todos querían entrar. La convocatoria del evento estaba teniendo un gran éxito. Verónica y sus amigas, no tuvieron ningún problema para entrar, pues las hicieron pasar inmediatamente, ante el desagrado de chicos y chicas. "¡No mamen! ¡Yo llegué primero!", gritaban algunos chicos, pero ellas no hacían caso, pues las hacían sentir como dueñas y divas del lugar.

-¡Qué bueno que los amigos de mi hermano me conocen! Como me reconocieron nos dejaron pasar luego -decía Montserrat muy orgullosa y sus amigas también se sentían así.

Cuando se encontraban en el enorme jardín de la casa donde se realizaba la fiesta, inmediatamente se hizo presente Alex y caminó hacia ellas, pero específicamente hacia Verónica.

-¡Verónica! Te ves espectacular -comentó antes de saludarla, pues él estaba sorprendido porque no parecía una niña de 16 años, sino una mujer de 20.

-Hola, Alex -respondió Verónica ante ese piropo-. Gracias, tú también te ves muy bien.

Era evidente que Alex se pavoneaba y su ego se inflaba más que un globo aerostático.

-¡Gracias! Esto lo compré en Miami -respondió vanidosamente, lo que hizo que las cinco niñas hicieran gestos de desagrado sin que él se diera cuenta.

Alex se quedó ahí con ellas, lo cual incomodaba a las demás. Pero Montserrat, fiel a su amiga, no dejaba que nadie desintegrara el grupo.

-¡Pero quiero bailar! -decía una de las amigas.

-¡Ni madres, Claudia! ¡No la podemos dejar sola con este güey! -indicó Montserrat; las demás obedecían a Montserrat.

-¡Pero está guapo Alex, parece copia un poco barata de Don Johnson, pero no está mal! -contestó la amiga y Montserrat le hizo una seña con la mano para que se callara.

Alex se sentía presionado porque no podía accionar nada de su plan con las amigas ahí, pero las cuatro niñas estaban firmes en no abandonar a Verónica, así que Montserrat, que era más directa, se dirigió a Alex.

-Oye, Alex, si no te importa, vamos a buscar a otras amigas del colegio. Tú sabes, desde el temblor no las hemos visto, así que disfruta con tus amigos y luego nos vemos.

Dejaron a Alex ahí parado y sin tiempo de reaccionar.

-¡Oye, Verónica, pero al rato vamos a bailar!, ¿okey?

Aquel comentario fue lo único que pudo decir Alex, pero las niñas ya se habían alejado y a lo lejos sólo se pudo observar a los amigos de Alex que se reían porque prácticamente lo habían dejado ahí solo.

-¡Que no vea que nos estamos riendo de él porque ya saben cómo se pone el principito! -dijo uno de los amigos y los demás fingieron no haber visto nada.

-¡Gracias, Montserrat! Ya no sabía ni qué decirle a Alex -dijo Verónica, agradeciéndole a su amiga cuando se dirigían a comprar un refresco para quedarse cerca de ahí y disfrutar del ambiente.

Cuando llegaron a la mesa que vendía los refrescos y las bebidas con alcohol ahí se encontraba Mónica discutiendo con los chicos que servían las bebidas.

-¡Oigan, nerds! ¡Esto no sabe a alcohol! ¡Creo que ni en una fiesta infantil servirían esto! -sin conocer a Verónica y Montserrat, Mónica les dio su bebida para que la olieran-. ¿Verdad que ni huele a alcohol? Hummmm, ¡y así quieren que toque en un rato más!

Las dos amigas por cortesía se acercaron la bebida a la nariz, pero Verónica inocentemente contestó:

-Lo siento, pero es que yo no tomo alcohol.

Mónica la miró sorprendida, miró hacia el cielo y exhaló.

-¿De verdad? Pues qué aburrida… Seguramente, tu novio debe ser otro nerd -y como diva del rock que se sentía, Mónica sólo remató diciendo-. Bueno, chicas, no se vayan a empedar con tanta *diet* Pepsi, ja, ja, ja, ja, ja -proclamó y se alejó hacia el área donde tocaría con su banda.

-¡No mames, qué pesada vieja! -exclamó Montserrat-. ¡Es una harpía la punketa esta!

Los chicos que atendían el puesto de bebidas sólo dijeron:

-¡Sí, es una perra! Pero está hermosa… y cuando canta, enamora más.

Verónica también miró hacia el cielo en desacuerdo con el comentario de los chicos.

-¡Sí, esta vieja es una mamona! ¡Pobre del idiota que ande con ella! -señaló Verónica y las 5 chicas se rieron.

¿Quién imaginaría que Verónica y Mónica, dos personalidades tan diferentes en todos los sentidos, estaban emocionalmente en igualdad por el gusto de los chicos, y más tratándose del mismo Gustavo?

-¡No seas mamón! ¡Está hasta su madre esta fiesta! ¡Vean la entrada! Ni en el Rock Stock se hacen esas pinches colas -exclamaba Luis porque en la calle ya no había ni un lugar para estacionar el auto.

Los chicos tuvieron que estacionarse a más de tres calles de ahí, donde lograron encontrar un lugar. Los cuatro amigos estaban emocionados por el evento.

-¡No mames, Luis! ¿Qué haces? -preguntaba intrigado Héctor, al mismo tiempo que encendía un cigarro para aparentar más autoridad y parecer un chico rebelde.

-¡Güey! ¡Le estoy quitando los espejos! ¡Si son Baby Tornado, pendejo! ¡Y aquí vas a ver cómo se van a chingar espejos y autoestéreos! Además, si llego con el coche y le falta algo, mi papá me pondrá una putiza -explicó Luis, defendiéndose ante los cuestionamientos de Héctor.

En realidad, los amigos ya estaban ansiosos por entrar a la fiesta. Caminando por la calle para llegar a la fiesta, también los chicos lograban sacarle uno que otro suspiro algunas de las chicas que estaba llegando. Caminando los cuatro a mitad de la calle se sentían como una banda de rock llegando al escenario, y, al igual que con Verónica y sus amigas, sonaba una canción en la fiesta que parecía que daba la bienvenida a los chicos.

-¡*Rock you like a Hurricane*! ¡Esa rola es de los Scorpions! ¡Hasta se oye que la música está de lujo! -dijo Jorge muy emocionado al resto del grupo.

Y, como pudieron, entre empujones, llegaron a la entrada. Los dos chicos que cuidaban la entrada no dudaron en dejarlos pasar; claro, traían los boletos especiales que Mónica les había dado.

-¿Ves, Gustavo? ¡De algo sirvió tu exvieja! ¡Yo que tú sí se lo agradecía con unos besotes, cabrón! -le dijo Héctor.

Al interior de la fiesta, el jardín estaba repleto de adolescentes; muchos bailaban y otros llegaban en grupo a hacerle la plática a grupos de niñas. Había parejas de novios besándose, niñas muy bonitas y una que otra les guiñaba el ojo a los cuatro amigos.

-¡Viste, cabrón! ¡Me guiñó el ojo esa chava! -les presumía Jorge a los demás.

Los cuatro chicos estaban como si se tratara de niños de cinco años en una dulcería; no sabían para dónde dirigirse y todo ese garbo con el que entraron los hacía lucir hasta algo torpes.

-Okey, amigos, ya saben: como siempre, el que consiga ligue primero, que también presente a sus amigas y busca en chinga al resto, ¿okey? -Héctor daba las instrucciones, que parecían un credo del grupo-. ¡Ah! Y no vayan a hacer la pendejada que hicimos Gustavo y yo… ¡Pidan teléfonos! Pero primero vamos por unas cubas, ¿no?

Los amigos caminaron como pudieron hasta el puesto de las bebidas, que estaba repleto de gente tratando de tomar algo. Justo cuando lograron conseguir sus bebidas, los chicos caminaron hacia donde estaba el lugar donde Mónica y su banda tocarían. De repente, la música se dejó de escuchar y toda la concurrencia comenzó a silbar y abuchear, más aún cuando las luces bajaron su intensidad. La gente comenzaba a molestarse, creyendo que era una falla técnica del encargado del sonido, pero de repente se comenzó a escuchar un fuerte golpeteo. Era la baterista del grupo de Mónica. Luego siguió el rasgueo de una potente guitarra y la gente se puso eufórica cuando Mónica abrió el concierto con su increíble voz, interpretando una canción del grupo The Go-Go's, *We got the Beat*. Comenzaron a corear y aplaudir a Mónica y su banda; había sido una gran idea llevarla a la fiesta porque todos estaban emocionados, incluyendo a Gustavo y sus amigos.

-¡Independientemente de todo, sí tocan cabrón Mónica y su banda! -le gritaba Héctor a Gustavo, quien en el fondo se sentía orgulloso de ella.

-¡No mames, qué bien canta y toca la hechicera del rock! Debo confesarlo -Verónica le decía al oído a Montserrat, quienes también estaban contagiadas por la vibra del grupo.

Incluso Alex y sus amigos también reconocían el talento del grupo.

-¡Pinche Alex, en lugar de ligarte a la chavita esa ve por la vocalista! ¡Está súper mamacita y canta de huevos!

Mónica y su banda definitivamente eran la sensación de la fiesta, pero el desempeño de ella dejaba claro que sí sería una gran estrella de rock, pues estaba dando todo en el escenario "improvisado". La gente estaba realmente contenta.

Verónica estaba con su grupo y Gustavo con el suyo; estaban en extremos opuestos y con todo ese gentío, la luz tenue y la atención enfocada en la banda, nadie se había percatado de que estaban muy cerca, pero los dos creían que estaban lejos.

-Si hubiera venido con Gustavo, estaría súper feliz escuchando a esta banda porque es muy rockero -le explicaba Verónica a Montserrat al oído.

-¡No mames, Verónica! ¡Disfruta del grupo y deja de pensar en ese chavo como si estuviera aquí!

Verónica sabía que su amiga tenía razón y siguió disfrutando el grupo.

Después de tres canciones muy rockeras que habían tocado, Mónica logró ver a Gustavo; la siguiente canción, muy decidida, se la dedicó a él.

-La siguiente rola les va a gustar a todas las parejitas de enamorados o que están ligando, es de la película de

Madonna *Crazy for You* y yo se la quiero dedicar a alguien espacial que está aquí. ¡Gus Hernández, *Crazy for You*!

Los amigos de Gustavo se quedaron mudos y comenzaron a señalarlo para decir que él era el tal "Gus" a quien Mónica dedicaba la canción. Gustavo se apenó, pero también se sentía especial, además, sentía un gran halago por la dedicatoria de la canción. En su mente comenzó a imaginar que no era Mónica la que cantaba, sino que era Verónica quien le cantaba la canción, como si ella fuera la líder del grupo. Entonces parecía que su admiración era más grande, sin saber Mónica lo que él pensaba y cómo estaba en ese estado, pues Mónica creía que la admiración era para ella.

-¡Escuchaste, Verónica! ¡Gustavo! ¡Gustavo, está aquí! -gritaba Montserrat muy agitada-. ¡No mames! ¡Vamos a buscarlo! -le propuso a Verónica, quien se había quedado sorprendida de la dedicatoria de Mónica y no sabía qué responder ni cómo reaccionar.

-¡Pero qué no escuchaste! La punketa le dedicó una canción -mencionó Verónica como una especie de negación a buscar a Gustavo.

-¡No inventes! Seguramente es una amiga o una familiar. ¡Vamos! ¡Busquémoslo! ¡Además, esta rola ya es la última! -insistía Montserrat.

Verónica no dudó y estuvo de acuerdo, entonces comenzaron a acercarse entre la gente hacia el escenario, pero a la mitad de camino la banda de Mónica terminó de tocar ante una ovación y aplausos. El dj volvió a poner la música y se hizo todo un caos entre los que se pusieron a bailar y los que se fueron por bebidas, lo que dificultaba más el paso hacia Gustavo.

Gustavo se acercó al inicio de la tarima que funcionaba como escenario para felicitar a Mónica.

-¡Guau! ¡Qué bien lo hicieron! ¡Gracias por la dedicatoria! -dijo muy agradecido Gustavo.

Mónica se inclinó para escucharlo mejor y decirle:

-De nada, guapo… Lo dije con mi corazón rockero… Oye, pero ayúdame a bajar de esta tarima e invítame algo, ¿no?

Gustavo sin pensarlo comenzó a ayudarla a bajar, aunque no era el escenario de un estadio. La sujetó de la cintura, cuidando que no se cayera, pero Mónica, muy impulsiva, se dejó ir contra de él como si le cayera del cielo. Cuando ella estaba en el piso, no lo soltó y le plantó un beso muy atrevido. Pero justo en ese instante Verónica y sus amigas llegaron… y vieron toda la escena, que parecía un momento romántico de pareja, pero también un momento incómodo para Verónica, que primero se quedó petrificada. Montserrat le hablaba, pero ella no escuchaba y las otras 3 amigas preguntaban qué pasaba, entonces Verónica se dio la vuelta y se fue. Todas las chicas corrieron atrás de ella.

Frente a las chicas venían los amigos de Gustavo y fue Héctor quien vio primero a Montserrat y también corrió hacia ella.

-¡Montserrat! ¡Montserrat! ¡Detente! ¡Soy Héctor! -le gritó hasta que logró escucharlo.

Montserrat se detuvo y cuando lo vio, se emocionó.

-¿Héctor? ¡Héctor! -exclamó y muy efusivos se abrazaron.

-¡No pensé que las volveríamos a ver! ¿Viene Verónica contigo?

El resto de los amigas y amigos de Verónica y Gustavo no terminaban de entender qué pasaba, pero, eso sí, todos y todas intercambiaban miradas y sonrisas.

¡¿Entonces sí está Gustavo aquí?! ¿La canción que le dedicó la vieja del grupo sí era para él? -preguntó Verónica.

Todos se confundieron más, excepto Héctor y Montserrat, que sabían perfecto qué estaba pasando.

-¡No! ¡Creo que no es lo que piensan! ¡Tendría que explicarte, pero primero hay que buscar a Verónica y Gustavo! ¡No sabes todo lo que ha hecho para localizarla! -explicaba Héctor muy agitado.

Montserrat, de alguna forma, al ver esa agitación, notó que lo que le decía Héctor parecía sincero. Entonces los dos grupos de amigos fueron en busca de Verónica y Héctor. Y aunque el resto de los amigos seguía sin entender nada de la situación, se dividieron para encontrarlos, abriéndose camino entre el tumulto de personas que estaba en la fiesta, porque para esa hora ya la fiesta había alcanzado su clímax, entonces todos estaban en el área de baile.

-¡Ya sé! ¡Vamos a buscarlos en chinga y expliquemos todo, pero dividámonos! ¡Ustedes busquen a Verónica, Montserrat y yo buscamos a Gustavo! -ordenó Héctor como si fuera un entrenador de un equipo de futbol.

Todos inmediatamente hicieron lo que les pidió Héctor, abriéndose paso entre el tumulto de gente.

Verónica había corrido al baño. Estaba enojada, confundida, triste y, sobre todo, decepcionada de Gustavo; pensaba que el día que lo conoció en el bazar había sido un mentiroso y se sintió como una tonta. Desde que escuchó cómo Mónica le dedicó la canción a Gustavo, Verónica comenzó a tomar bebidas de las que contenían alcohol sin pensarlo, lo cual tampoco le ayudó a pensar claro porque ella no tomaba.

–Y yo pensando que ese güey era diferente... ¡Alex, Gustavo, el que me digas, todos son unos gatos! Además, le dedicó *Crazy for You*...

Entonces, meditando, Verónica decidió buscar a Alex para estar con él, como una especie de venganza contra Gustavo.

-¡Gustavo! ¡Gustavo! ¡Ven, ven! ¡Mira, aquí está Montserrat! Mi querida Mónica, ¿nos permites un momento? -dijo Héctor.

Gustavo quedó sorprendido de ver a Montserrat y Mónica se dio la vuelta, molesta por la interrupción.

-¡Güey, güey! ¡Aquí está Verónica! -le dijeron Héctor y Montserrat a Gustavo, lo cual, con la sorpresa de la noticia, pintó una gran sonrisa en su rostro-. ¡Pero te vio besándote con Mónica, grandísimo pendejo! -le reclamó su amigo.

-¡Noooo! ¡Pero fue un accidente! ¡Yo no quería! ¡Sólo fui a felicitarla y Mónica me besó a la fuerza! Pero... ¿dónde está Verónica? -preguntó a sus amigos, pero Montserrat lo jaló de la mano para que se apresuraran a buscar a Verónica en lo que seguía con su explicación, a la cual en realidad Montserrat no le ponía tanta atención.

-¡Yo te explico luego! -le dijo Héctor.

En realidad, lo más importante era encontrar a Verónica.

Pero en ese momento, Verónica se encontraba con Alex y su grupo de amigos.

-¡Alex! ¡Quiero bailar! ¿Vienes? -preguntó Verónica, quien llegó decidida y autoritaria con él delante de su grupo de amigos; hasta le quitó el vaso de la bebida que tomaba, que era una cuba más, y se la tomó de un trago sin importarle.

Ellos se sorprendieron de la actitud de la que decían que parecía una niñita de secundaria e incluso algunos de los amigos de Alex hicieron un ademán de que parecía que estaba algo borracha, pero esa actitud la hacía lucir toda una diva. Alex titubeó y contestó:

-¡Claro que sí!

Alex y Verónica se fueron hacia la pista de baile y justo en ese instante la música cambió a melodías románticas y tranquilas. Esto, a favor de Alex, le entusiasmaba y favorecía ese radical cambio de actitud de Verónica. Los dos comenzaron a bailar muy juntos.

Sorprendidos, los amigos de Alex comentaban entre sí, asumiendo que realmente su amigo había conquistado a Verónica. De repente, uno de ellos vio a Gustavo junto con Montserrat y Héctor.

-¡Miren! ¡Es el pendejín del bazar! Parece como que buscan a la tal Verónica. ¡Ernesto, ve en chinga y discretamente dile a Alex! A mí se me ocurrió algo para detenerlos: ¡vamos a hacérselas de pedo para que los echen de la fiesta! -propuso uno de los amigos de Alex y los demás, al unísono, dijeron que sí.

Ernesto se acercó a Alex y al oído, mientras bailaba con Verónica, le dijo lo que pasaba y cuál era el plan. Alex estuvo de acuerdo.

-¿Qué te dijo? -preguntó extrañada Verónica.

Alex sólo le dijo que sus amigos ya se iban a ir y que pasarían a cenar unos tacos, entonces ella no le prestó más atención y siguieron bailando. Sin embargo, Alex se acercaba más hacia ella, quien se sentía tan mal por Gustavo y por las bebidas que se había tomado tan rápido, que no se opuso. Realmente, su cabeza ya le daba vueltas y el efecto del alcohol la hacían dejarse ir hacia las peticiones de Alex.

Los amigos de Alex sigilosamente se acercaron a Gustavo, Héctor y Montserrat. Uno de los amigos chocó de lado con Gustavo a propósito para provocarlo y evitar que llegara hasta Verónica.

-¡Fíjate, pendejo! ¿Cuál es tu problema? -mencionó el amigo de Alex, haciendo que Gustavo cayera al suelo, y cuando éste intentaba levantarse, nuevamente lo empujó-. ¿Oye, qué te pasa?

-¡Fue un accidente, disculpa! -aclaró Gustavo para justificarse con el chico.

Cuando Héctor iba a intervenir para apoyar a su amigo, otro amigo de Alex lo empujó, provocándolo también. Montserrat se asustó y no entendía por qué la actitud de los chicos universitarios e incluso en defensa de los dos dijo:

-¡Oigan! ¡Fue un accidente! ¡Métanse con alguien de su edad! -señaló Verónica, sin pensar que esas palabras les daban el pretexto ideal para aumentar la provocación de Gustavo y Héctor.

-¡Mira, Ernesto, los niñitos vienen con su niñera! ¡Mira, niñita, llévatelos a jugar resorte!

El comentario hizo, efectivamente, explotar a Héctor por tratar así a Montserrat, así que se levantó y se abalanzó sobre el chico, pero éste lo recibió con un golpe que lo hizo caer nuevamente. Gustavo también ya estaba molesto y quiso contestarle el golpe que le dio a su amigo, pero ahora llegó Luis, adelantándose y propinándole un golpe al provocador.

Como había tanta gente y eso sucedía lejos del área de baile, Verónica no se daba cuenta de lo que pasaba, pero donde se estaba armando el conflicto la gente empezaba a asustarse. Ya eran 5 los amigos de Alex que estaban amedrentando a Gustavo, Héctor, Luis y Montserrat, que también estaba molesta y comenzó una discusión ya muy fuerte. Llegó en ese momento Jorge con las amigas de Verónica a decirle que ella estaba bailando con un tipo y que, si quería verla, debía ir inmediatamente; las amigas también lo animaron a que lo hiciera.

-¡Ve rápido, güey! ¡Yo aquí le hago el paro a los demás! ¡Ve! ¡No importa! -gritó Jorge.

Entonces Gustavo, entre la confusión, se fue hacia la pista de baila para buscar a Verónica, mientras que los ánimos cada vez estaban más intensos en la discusión.

Alex, como tenía a Verónica demasiado pegada a él, podía ver sobre su hombro lo que pasaba a lo lejos, y también vio que se acercaba Gustavo hacia ellos. Entonces, ante esa actitud tan cambiante de Verónica, decidió robarle un beso, un enorme beso…, ahí en medio de la pista. No dejó ni siquiera que Verónica reaccionara. Curiosamente, en ese momento dejaron de sonar las canciones románticas y tranquilas y de golpe entró una canción que era un éxito: *El Final*, del grupo Rostros Ocultos. La letra justo coincidía con el beso de Alex y Verónica. El beso ocurrió justo cuando Gustavo llegaba a donde se encontraban ellos y, al verlos besarse, quedó congelado y sin reacción alguna.

-¡Sí, ese también empezó el pleito y quería escapar! -dijeron unos de los amigos de Alex a unos guardias de seguridad del fraccionamiento que ya habían llegado al lugar porque la discusión inmediatamente alertó a los dueños de la casa, quienes hablaron a seguridad.

Golpearon a Gustavo muy fuerte entre dos amigos de Alex; casi lo noquearon. Entonces él comenzó a ver todo borroso y, además de lo que había visto, sentía que la música se escuchaba a lo lejos, así como las voces de sus amigos que le preguntaban si se encontraba bien. En ese instante llegaron 2 sujetos de seguridad privada que alzaron y sujetaron a Gustavo del brazo y se lo llevaron hacia la puerta junto con sus otros tres amigos.

-¡Vamos, chavo! ¡Para ti se acabó la fiesta! -dijo uno de los guardias y Gustavo no se opuso.

Entonces tanto Héctor como Jorge y Luis, para no comprometer a Montserrat y el resto de las amigas, accedieron a lo que los guardias de seguridad les exigían: que se retiraran de la fiesta.

Ya en la puerta de la casa donde se celebraba la fiesta, los guardias de seguridad calmaron a todos los chicos involucrados y le pidieron a Gustavo que junto con sus amigos se fueran del fraccionamiento, dándole preferencia a Alex y sus amigos porque eran parte del comité organizador del evento.

-¡Ya ven, chavos! ¡No tomen alcohol y drogas! Sólo les hace hacer pendejadas -les dijo uno de los guardias-. Además, pues como se quejaron los vecinos y los otros chavos se fueron contra ustedes, pues no quedo más que sacarlos -concluyó el oficial.

Gustavo seguía entre mareado por los golpes y muy confundido por lo que había visto con Verónica y Alex, por lo que casi pierde el sentido y sus amigos lo llevaron en brazos hasta el coche de Luis. Héctor le dijo:

-¡No mames tus aventuras! Te tenemos que contar todo porque creo que no entendiste.

Gustavo, efectivamente, no entendía nada.

Verónica, que ni siquiera se dio cuenta de lo que había pasado instantes antes y durante el beso que le dio Alex, sólo reaccionó cortando ese beso y empujó a Alex para reclamarle.

-¡Oye, qué te pasa! ¿Por qué me besaste? -exclamó Verónica y se alejó.

Verónica no podía estar más frustrada, y algo ebria, pues parecía que los chicos que se le acercaban de verdad eran unos cavernícolas. Hasta unas lágrimas se derramaron.

-¡Verónica! ¿Dónde estabas? ¿Qué hacías bailando con Alex! Güey, no supiste todo lo que pasó, ¿verdad?

Efectivamente, Verónica no entendía a qué se refería Montserrat.

-¡Güey, los hombres son un asco, empezando por Alex y seguido por el pinche Gustavo! -sentenció Verónica.

Montserrat y sus amigas se percataron de que, además de enojada, Verónica también estaba algo tomada; sus reacciones eran una combinación de ira con alcohol, a lo cual su amiga comenzó a calmarla y decirle que lo mejor era irse a su casa y que al día siguiente hablarían para que entendiera todo lo que pasó. Verónica, al igual que Gustavo, tampoco sabía a qué se refería.

CAPÍTULO 9

ABRE TU CORAZÓN

28 de septiembre de 1985:

Una vez más sonaba la alarma del radio despertador de Gustavo, mientras que se abría el día con *Every Breath You Take* del grupo The Police. Se podía observar en la recámara de Gustavo sus botas, sus jeans Levi's 501 y su chamarra de piel tirados en el piso; la camiseta que le regaló Verónica tenía una rotura y todas las prendas estaban sucias. Él estaba hecho bola en la cama, con una cara de que parecía que se había bebido toda una olla de cubas la fiesta anterior y sintiendo los golpes de la riña. Poco a poco comenzó a recordar todo.

Como todos los sábados, Gustavo debía alistarse para ir con Karla al bazar y no importaba la condición en la que se encontrara, pues era ya una obligación del fin de semana. Se metió a bañar y cuando terminó se miró al espejo. Era evidente que su semblante no era el mejor después de la noche anterior. Pero, sobre todo, recordó que vio a Verónica con aquel tipo galán y mayor que él.

-¿Qué es lo que me tiene que explicar Héctor? Creo que de repente se me fue la onda. ¿Pues qué pasó realmente? Bueno, lo que sí sé es que Verónica se estaba dando ese besote con ese cabrón…

Gustavo bajó a desayunar con su familia, que se encontraba hablando fuerte y con todo el ajetreo del desayuno, pero cuando entró a la cocina se hizo un silencio total por parte de todos y sólo se le quedaron viendo.

-¿Qué? ¿Tengo monos en la cara? -le preguntó Gustavo a su familia.

–No, güey, pero sí como varios moretones -le contestó Jorge.

-¿Ahora qué pasó? -preguntó su madre y Karla sólo sopló su fleco y miró hacia arriba.

¿Qué hiciste ahora, galán? -también preguntó Karla.

Gustavo estaba en un estado de confusión y llegó a pensar que ayer había bebido más de la cuenta; era como si hubiera consumido mariguana o algo así. Su madre sólo se tocó la cara donde tenía los moretones y él sintió un poco de dolor. Sin embargo, todos los integrantes de la familia estaban muy atentos por ver cuál sería la respuesta, como si esperaran el desenlace de la telenovela *Cuna de Lobos*, que siempre veían juntos.

Inicialmente, Gustavo pensó no decir nada, pero finalmente se acercó a su mamá y le dio un abrazo, actitud que la desconcertó y a sus hermanos igual. Todos hacían caras y miradas por saber qué había pasado.

-¡¿Te metiste en un lío?! -preguntó su mamá muy preocupada e incluso los ojos de Gustavo estaban muy cerca de soltar una lágrima.

Entonces Gustavo comenzó a relatar con lujo de detalle todo lo que había sucedido en la fiesta, sobre todo que vio a Verónica besándose con otro tipo.

-¡A ver, galán! De buena fuente me enteré de que Mónica tocó en la fiesta con su grupo y hasta te dedicó una canción y luego se estaban besando, ¡entonces no te hagas ahora la víctima! ¡Todos se creen muy machos, pero las mujeres hacemos lo mismo y somos unas pirujas! -respondió muy enérgica Karla.

Gustavo y su hermano se miraron entre sí y sólo hicieron gestos de desacuerdo. Gustavo entonces, en su defensa, explicó lo que había pasado y que había sido Mónica la que había provocado la situación del beso.

-¡Pero eso no es lo que me tiene así, sino haber visto a Verónica con otro pendejo! -exclamó Gustavo, reaccionando como a un niño de cuatro años que lo habían castigado.

Toda la familia, nuevamente, se quedó muy seria y los hermanos de Gustavo comenzaron a hacer otras cosas, dándole la pauta a su madre para que ella fuera la que opinara.

-Oye, hijo, ¿no crees que están muy chicos para tomarse las relaciones así tan en serio? Además, básicamente, no hay nada entre ustedes; tal vez deberías conocerla mejor y hablar al respecto.

Y su madre, en mayor parte, tenía razón, sólo habían convivido unas horas unas semanas antes. Entonces tal vez para los adultos era simplemente un romance de adolescentes y ya, pero Gustavo seguía sintiendo una fuerte corazonada, que tuvo desde el primer momento que vio a Verónica en las circunstancias de su primer encuentro. Todas estas casualidades y confusiones los seguían. Parecía que Verónica era la única niña del planeta, aunque con la situación de la fiesta y justo lo que le decía su madre, Gustavo llegó a creer que tal vez también fueron señales de que Verónica no era la indicada.

Pobre Gustavo, realmente estaba muy confundido y se sentía frustrado y triste. Él simplemente se reconfortó con las palabras de su madre y se sintió un poco mejor al ver que su familia lo apoyaba.

-Bueno, galán…, ya te había dicho: no es el fin del mundo. Después busca la forma de hablar con ella, pero, por lo pronto, vamos a llevar las cosas del bazar al coche, que hoy tengo varias visitas de clientes y necesito que te pongas las pilas -concluyó Karla.

Cuando dieron las 10:30 a.m., la madre de Montserrat tocó la puerta de su habitación. No se escuchaba ningún ruido de parte de las 5 chicas que después de la fiesta se habían quedado a dormir en su casa.

-¡Buenos días, niñas! En unos minutos más vamos a servir el desayuno, así que ya vayan despertando, ¿está bien? -comentó la madre de Montserrat, confiando en que serviría como alerta para despertar a las niñas y se dirigió a la cocina-. ¡Qué bueno que estás niñas son tranquilas y no son de esas niñas que causan conflictos en las fiestas o discotecas! Afortunadamente.

Y tenía razón la madre de Montserrat, aunque no sospechaba que la noche anterior, en la fiesta, vivieron una situación entre complicada, confuso y parecía divertida para todas, excepto para Verónica.

-¡Niñas! ¡Niñas! ¡Despierten! ¡No mames, me siento súper mal! ¡Me duele la cabeza! ¡Sólo me acuerdo de que el pendejo de Alex quiso sobrepasarse conmigo! Y luego llegaron ustedes y me decían que Gustavo se estaba peleando y ya no recuerdo más -dijo Verónica a sus amigas y zarandeaba de los hombros a Montserrat para que se despabilara y le contara.

-¡No, Verónica! ¡Primero dinos qué pedo contigo anoche! Te pusiste peda, ¡¿verdad?! -contestó otra de sus amigas, pero Verónica quería que quien le diera la respuesta fuera Montserrat, aunque ella bostezaba y comenzaba a despertar y reaccionar.

-Mira, sólo puedo decirte que Héctor, el amigo de Gustavo, me dijo que me contará todo lo que viste con la rockera.

Pero, con gestos de incredulidad, a Verónica no le convenció el argumento de su mejor amiga.

-¡Sí, claro! Y me chupo el dedo, ¿no? ¿Qué no vieron el pinche beso que se estaban dando?

Otra de las amigas, acomodándose los lentes, sólo le respondió:

Sí... ¡Y también vimos el pinche beso que te diste con Alex, pendeja!

El comentario hizo que Verónica se ruborizara. Entonces Montserrat, como si fuera la juez de un juicio, pidió a su mejor amiga que le explicara qué había pasado primero y luego le diría de la pelea de Gustavo y sus amigos contra los amigos de Alex, lo cual ella comenzaba a sospechar que había sido planeado por Alex y sus amigos.

-¿Pero qué tienes que hablar con Héctor? -preguntaba otra vez Verónica-. Mira..., me iba a explicar muchas cosas, pero justo fue el instante en que los amigos de Alex comenzaron a armar la bronca, y cuando los sacaron de la fiesta sólo alcanzó a decirme que me llamaría hoy en la tarde para explicarme.

La situación las intrigaba a todas, especialmente a Verónica.

-¿Te dio su teléfono? -preguntó Verónica con un tono de sorprendida y Montserrat sólo le contestó que una vez que hablara con Héctor todo se podría entender mejor.

Aunque sonaba algo esperanzador, para Verónica la gran confusión por la actitud de Gustavo y Alex la hacía sentir que los chicos sólo querían aprovecharse o jugar con ella, lo que la hacía sentir menos animada por volver a ver a Gustavo.

Camino al bazar en el auto de Karla, Gustavo seguía un poco distante, aunque se sentía consolado por la solidaridad de su familia y su hermana, que manejaba y sólo lo veía de reojo.

-¡A ver, Molly Ringwald de *Sixteen Candles*, ya deja de sentirte la víctima de tu novela romántica! Si tus amigos los tres chiflados saben algo, entonces deben ser buenas noticias.

Su hermano le dio la razón, pero le confesó a Karla que ver a Verónica con otro chico lo hacía sentir muy tonto por hacerse tantas ilusiones, pero sobre todo que no había sido sincera con él aquel día que hablaron en el bazar y eso lo hacía sentir poco decepcionado.

Karla entendía muy bien cómo se sentía, pero al ser su hermana mayor, y considerando que era una mujer muy directa y con experiencia sólo le dijo:

—Mira, hermanito, a esa edad no sabemos ni lo que queremos, pueden ser muchas cosas, puede ser un exnovio y regresaron o puede ser un tipo que quiso sobre pasarse con ella, además debes de entender que ustedes dos, no hay nada todavía, y si quieres un mejor consejo, deberás hablar con ella, bueno y primero con los nerds de tus compadres.

Gustavo un poco sombrado le dijo:

-¿Cómo? ¿Yo tendría que buscarla? ¿No sería ella la que me debe dar explicaciones?

Un poco desesperada, su hermana le respondió:

-¡Claro que no, cabrón! Además, si tu ex te dedicó una canción en plena presentación y lo escuchó Verónica, seguro debió sacarse de onda. ¡Abre tu corazón, no tu orgullo! ¡Además, te dedicó *Crazy for You* de Madonna! Ya me echó a perder lo mucho que me gusta esa rola…

Gustavo no había pensado en ese pequeño detalle, según él, y entonces comenzó a atar cabos sobre lo que pasó. Incluso en algún momento que tuviera libre saldría a buscar algún teléfono público para marcarle a Héctor para que se vieran y le contaran todo. En ese momento llegaron al bazar y comenzaron a hacer la rutina habitual de todos los fine de semana, pero la opinión de su hermana le daba cierta esperanza de que, efectivamente, lo ideal sería hablar con Verónica.

-¿A qué hora hablarás con Héctor? -le preguntaba Verónica a Montserrat por tercera vez-. ¡Verónica, a las 4! ¿Quién te entiende? No te importa, sí te importa, ¡ya defínete!

Verónica sólo se quedó callada.

Mientras tanto, todo el bazar estaba como de costumbre: la gente caminando por los pasillos viendo las mercancías. El puesto de Karla y Gustavo vendía muy bien sus piezas y parecía que, en ese mundo de colores, sonidos y personas, nada de la noche anterior parecía tenerles importancia, sólo para Gustavo, pero en ese momento llegaron sus amigos, lo cual le causó un poco de emoción. Gustavo se tocó el rostro, recordando la pelea de esa noche. "¿Cómo amaneció la princesa? ¡No mames, sí te dieron duro los de ingeniería!", fueron las preguntas y frases que le hicieron sus amigos a Gustavo, lejos de un cordial saludo; incluso Karla se sumó a las burlas y todos reían y hasta le sacó una risa tímida a Gustavo.

-¿Entonces ustedes tienen los teléfonos de todas sus amigas? ¡Y yo rompiéndome la madre con esos güeyes y ni teléfono y ni una explicación de Verónica! ¡Cabrones, me la deben! -reclamaba Gustavo, pero entonces Héctor le explicó que en la tarde hablaría con Montserrat porque, al parecer, ella también tenía que explicarle algunas cosas de Verónica y de Alex.

Gustavo sólo se quedó escuchando y meditaba lo que su amigo y Montserrat habían acorado, pero Gustavo comenzó a decirle la reflexión que había tenido en la mañana y que, tal vez, el temblor, investigar en su escuela, la búsqueda frustrada en el coche de su madre en la tormenta de esa noche y, para rematar, la fiesta de día de ayer eran señales de que él y Verónica se debían conocer.

-¡No sé, güey! Tal vez sólo fuimos la conexión para que ustedes sí se conozcan o porque esa repentina aparición de Mónica… Comienzo a creer que sólo fue una casualidad ese encuentro con ella y ya… -comentaba Gustavo resignado.

Sus amigos y Karla comenzaron a fingir que tocaban los violines porque sus palabras sonaban muy pesimistas y dramáticas, como una obra fúnebre de Bach.

-Bueno, sí te entiendo, putín… Déjame hablar con Montserrat a ver qué pedo y ya te cuento en la noche, ¡pero lo más cagado del asunto es que sólo hablaron unas horas aquí en el bazar y mira todo lo que has pasado!

Tanto Karla como Luis y Jorge le dieron la razón a Héctor. Gustavo estuvo de acuerdo, aunque en el fondo su desánimo cada vez más le hacía sentir que era una causa perdida. Entonces los amigos se despidieron de Gustavo y Karla, dieron una vuelta por el bazar y luego se marcharon para que Héctor fuera hablar a su casa con Montserrat. Aunque todos los involucrados parecían indiferentes, como esa normalidad del bazar, en realidad estaban a la expectativa de la llamada de Héctor y Montserrat.

Cuando Verónica regresó a su casa, inmediatamente sus tías la recibieron para preguntarle cómo le había ido en la fiesta y Verónica; su ánimo bajo se le notaba en la cara y comenzó a contarles lo que había sucedido. Sus tías la escuchaban atentas y, conforme se acercaba al final del relato, las sorprendió mucho que ella tomó alcohol, lo que ocasionó que hicieran una pausa para explicarle que nunca dejara que el alcohol o una droga la usara para desahogarse cuando tuviera un problema.

-¡Hijita, y menos por un chico! ¡Efectivamente ese muchacho Alex pudo abusar de ti! -dijeron sus tías y comenzaron con una serie de sermones y reclamos; de repente, el drama adolescente pasó a segundo plano-. Mira, Verónica, no le diremos nada a tu papá, pero tú sabes cómo te queremos y debemos cuidarte. También entendemos que te decepcionaste de este chico Gustavo, pero también debemos imponerte un castigo.

Verónica escuchaba atenta y evidentemente apenada por lo de la bebida. Además de una resaca física, también tenía una resaca moral. Ella aceptó el castigo sin reclamar.

-Creo que con un par de semanas será suficiente. Además, ya regresarán a clases y debes estar concentrada en eso porque van a adaptarse a cómo será la escuela en estos días; ya avisaron que quitaron los escombros.

De repente, Verónica comprendía que sus tías tenían razón y que tal vez el encuentro con Gustavo sólo fue una forma de distraerse de lo que había sucedido en el colegio; comenzó a creer que tal vez esa era la única razón de haberlo conocido.

Ya cercana la tarde, Gustavo, en un descanso que le ofreció su hermana, salió del puesto para ir por algo de comer y no pudo evitar ver el lugar donde habló por primera vez con Verónica. No pudo quitar de su mente su sonrisa y cómo jugaban sus dedos con su cabello, lo cual esa vez lo dejó completamente hechizado. Pero comenzó a sentir que sólo sería eso, un bonito recuerdo.

Casi a las 4 de la tarde, Héctor, algo nervioso, le marcó a Montserrat. En cuanto la llamada comenzó a comunicar, inmediatamente Héctor colgó la bocina. «¡Estoy más pinche nervioso que Gustavo y yo nada más estoy de alcaloide, haciéndola de Celestina! ¡Pinche Gustavo, ésta sí me la debes!», pensó. Entonces nuevamente volvió a marcar el número de Montserrat y unos segundos después un hombre de voz grave, seria y muy tajante le contestó. Era el padre de Montserrat, lo que hizo que Héctor titubeara y se pusiera muy nervioso. Con palabras cortadas y titubeando, Héctor pidió por Montserrat. El padre de Montserrat, que escuchó lo nervioso que estaba y entendiendo que seguro era algún admirador de su hija sólo dijo:

-Mmmm, ¡déjame ver si está!

Aquellas eran frases que en esa época definitivamente ponían nervioso a cualquier chico; era como la prueba de fuego cuando se buscaba a una chica.

-¡Montserrat, te busca un tal Héctor! -gritó el padre muy fuerte y Montserrat corrió rápidamente para tomar la llamada-. ¡Quién demonios es Héctor! ¿Lo conozco? ¿Es tu novio? -preguntó muy cercano a la bocina del teléfono; en realidad, lo hacía a propósito y de cierta manera de broma para intimidar a Héctor, quien del otro lado de la bocina escuchaba todo y sólo tragaba saliva.

-¡Ya, papá! ¡Es un amigo! -dijo Montserrat e inmediatamente tomó la llamada.

-¿Héctor? ¡Hola! ¿Cómo estás? ¡Oye, tenemos mucho de qué hablar sobre tu cuate y mi amiga!

Héctor se sintió más tranquilo e incluso, sin esperarlo, también le dio mucho gusto y hasta cierta emoción hablar con Montserrat. Los dos chicos comenzaron a hablar sobre sus mejores amigos, Verónica y Gustavo, y de cómo se había salido de control la situación la noche anterior en la fiesta. Pero la llamada se vio varias veces interrumpida. En esa época, generalmente, la mayoría de los hogares sólo contaban con una línea para todos los integrantes de la familia.

-¡Mamá, cuelga! ¡Estoy hablando! -reaccionó Montserrat algo molesta.

-¡Lo siento, hija! Pero ya cuelga porque tengo que hablar con tu abuela.

Ella no hizo caso y continuó la llamada con Héctor.

-¿Y ella lo besó por accidente? Entonces no tiene novia, como lo había dicho... ¡Por eso Verónica se fue a buscar a

Alex! ¡Son un par de pendejos los dos! -gritó Montserrat y antes de que Héctor contestara lo mismo se escuchó otra voz.

-Yo no sé si son un par de pendejos, pero yo que ustedes mejor me iba a tomar un café.

Oír esa voz sorprendió a los dos chicos, pero sólo se trataba de uno de los hermanos de Héctor que escuchaba por otra bocina.

-¡Así ya cuelgas, cabrón! Llevas media hora y tengo que hablar con mi chava -indicó el hermano de Héctor, exigiendo que terminara la llamada su hermano.

-Oye, Montserrat, mi hermano no es el más brillante, pero su idea no es mala. Vamos, ¡te invito un café!

Montserrat, sin titubear, sólo dijo emocionada:

-¡Espera! Déjame pedir permiso a mis papás. Me parece una gran idea porque así nunca vamos a poder hablar; mis tres hermanos, mis padres y tus hermanos ya se están enterando de la telenovela de Verónica y Gustavo…

Montserrat fue inmediatamente a pedir permiso. Héctor medio podía escuchar cómo Montserrat negociaba el permiso con sus padres y repentinamente sólo pensó: «¡Ay, cabrón! ¿Por qué me emocioné? Bueno, ¡la Montserrat está bien guapota!». Cuando estaba meditando, Montserrat volvió a tomar la llamada y le contestó:

-¡Sí me dejaron! Pero… tengo que ir acompañada de alguna amiga. No sé si eso te moleste

Inmediatamente Héctor dijo que no emocionado, pensando que podría tratarse de Verónica. Pero Montserrat le comentó que Verónica estaría castigada dos semanas por lo sucedido en la fiesta. Entonces Héctor le dijo:

-Bueno, puedo llevar a mis amigos. Digo, así entre todos podemos hacer un plan para Gustavo y Verónica, no por otra cosa.

Montserrat sabía perfecto que sus amigas y las amigas de Gustavo se habían entendido muy bien la noche anterior en la fiesta. Entonces la llamada inicial repentinamente ya se había convertido en un plan de chicos y chicas; parecía que Gustavo y Verónica quedaban en segundo plano y más bien estaban organizando otro plan para conocerse bien todos. Montserrat y Héctor comenzaron a planear el encuentro para verse más tarde en un café, sin que Verónica y Gustavo se enterarán, aunque en el fondo los dos estaban a la expectativa de la llamada de sus amigos, fingiendo indiferencia y como si no tuviera importancia.

Mientras tanto, en el bazar, donde prácticamente Karla y Gustavo habían terminado el día de venta, él se integraba a su vida cotidiana y reflexionaba que el encuentro con Verónica sólo estaba causando complicaciones y ya se sentía frustrado. «Golpeado, metiéndome de incognito a su colegio, descompuse el coche de mamá… ¡Puta madre! Ni a Tom Cruise le pasaron tantas cosas en *Risky Business…*», pensó y continuó guardando la poca mercancía que les había quedado; incluso no había notado que había sido un día muy bueno para ellos en su puesto.

-Oye, galán, nos fue muy bien hoy y creo que ni te fijaste por tu drama. Hice cuentas de lo que has ganado y tengo que decirte algo: ¡ya juntaste para comprarte tu nave! ¡Bien hecho, cabroncito!

Gustavo, confundido, primero no entendió, pero hizo a un lado todo ese conflicto con Verónica que lo tenía distraído. Efectivamente, en su cabeza hizo números y su hermana tenía razón; entre lo que había ahorrado y lo que había ganado en el puesto de su hermana, lo había conseguido. ¡Tenía el dinero justo para comprar un auto! Esto emocionó a Gustavo y se abalanzó sobre su hermana y la abrazó.

-¡No mames! ¡No lo puedo creer! ¡Gracias, hermanita! ¡Ya no te tendré que pedir tu coche ni el de mi mamá! -señaló Gustavo y los hermanos continuaron el abrazo.

Ambos hermanos continuaron empacando y desmontando el puesto, como otros locatarios. Con la noticia y la emoción, Gustavo, por un momento, se sintió relajado y contento, olvidándose de esa ansiedad que tenía por llegar a casa y el tema de Verónica.

También Verónica estaba en su casa. Ella estaba con su padre y sus tías en la sala miraban al infinito. Parecía también que el entusiasmo que inicialmente había sentido en ese primer encuentro con Gustavo se había desvanecido con aquel beso que él le dio Mónica. Además, se sintió decepcionada de los chicos. «Yo creo que los chicos, en algún momento de su vida, no evolucionaron y siguen siendo cavernícolas…», pensó Verónica. Las tías de Verónica, que conocían toda la historia, notaban la ausencia de Verónica. A pesar de estar todos juntos en la sala, sólo intercambiaban miradas un poco preocupadas. Por su parte, el padre de Verónica seguía viendo el futbol y su hija, al verlo, sentía que ese tema de los cavernícolas no estaba alejado de la realidad.

Instantes más tarde sonó el teléfono. Efectivamente, se trataba de la llamada de Montserrat. El padre de Verónica contestó la llamada y, efectivamente, se trataba de la mejor amiga de su hija, quien quería hablar urgentemente con ella. Pero Verónica, en esa reflexión y un poco decepcionada, decidió mentir, pidiendo a su padre que le dijera que estaba dormida. El padre de Verónica siguió las instrucciones de su hija y su juego. Montserrat sólo pidió que, en cuanto pudiera, le regresara la llamada.

Las tías de Verónica se sorprendieron mucho al ver que no tomó la llamada porque, además, sabían toda la historia de la trama con Gustavo.

-¿Te sientes bien, hija? ¿De verdad no querías hablar con Montserrat? -dijeron las tías y con ciertos gestos las dos trataban de sacarle más información-. ¿No crees que era algo urgente?

Sus tías seguían insistiendo, pero Verónica sólo las miró y muy tajante contestó:

-¡No, tías! Seguramente, era algo sin importancia sobre la escuela y no tengo ganas de hablar.

Verónica también les hizo gestos a sus tías para que su padre no sospechara lo que pasaba. A su padre, claro, viendo el partido de futbol, ni un temblor lo apartaría del televisor.

Cerca de las 7 p.m., Héctor llegó por Montserrat y dos de sus amigas, Claudia y Patricia, para ir a tomar un café. En el café se reunirían con Luis y Jorge.

-¿Lograste hablar con Verónica? -dijo Héctor al mismo tiempo que Montserrat preguntó sí él logró hablar con Gustavo.

Ambos se sorprendieron y rieron junto con el resto de las amigas.

-¡Parece que estamos conectados! -dijo Montserrat.

No obstante, las otras dos amigas dijeron:

-¡Pero no como Verónica y Gustavo! Ellos están más salados que Romeo y Julieta…

Ya instalados en el café, los adolescentes hablaban del tema de Verónica y Gustavo. Aunque las chicas estaban más concentradas, los tres chicos eran todo lo contrario, pues sólo veían a las amigas de Verónica con atracción más que atención. Era inevitable el intercambio de miradas y sonrisas entre Luis, Jorge, Claudia y Patricia.

-¡A ver! ¿Podemos dejar el ligue para otro día? ¡Tenemos que ver cómo hacemos para que este par puedan hablar y entender qué onda con su rollo! ¿Okey? -declaró Montserrat, quien se impuso como toda una líder.

El resto de los chicos estuvo de acuerdo.

-Sí, es cierto… Gracias a ellos todos nos conocimos y aquí estamos. Sólo me preocupa Gustavo; hoy que lo visitamos en el bazar lo vimos más desanimado y resignado a ya no insistirle a Verónica -reveló Héctor y Luis y Jorge asintieron porque tenían el mismo sentir.

Héctor comenzó a explicar cuál era la relación entre Gustavo y Mónica y cómo es que ella parecía que seguía encaprichada con Gustavo y que siempre buscaba la forma de llamar su atención.

-¡Entonces esa tipa no es novia de Gustavo! ¡Pues, sin querer, tu amiguito le rompió el corazón a Verónica! ¡Por eso salió corriendo y corrió hacia Alex! -comentó Montserrat y también aprovechó para explicar que ese tal Alex sólo era un pretendiente.

-¡Ya entiendo! Con razón Gustavo se sentía muy decepcionado -indicó Héctor.

Héctor y el resto de los chicos ahora entendían mejor por qué Gustavo y Verónica se habían sentido decepcionados. Entonces todos comenzaron a pensar la forma de poder juntarlos para que se aclararan las cosas entre ellos dos. Montserrat les comentó sobre el castigo de Verónica, lo que haría más complicado reunirlos para que ellos dos hablaran. Entonces todos otra vez comenzaron a hacer planes para tener una estrategia.

-¡Oigan, tengo hambre! Creo que pediré una hamburguesa -dijo Luis en medio de las ideas que iban y venían.

En ese momento, Héctor en voz alta preguntó:

-¿Qué dijiste? A ver, repítelo otra vez.

Todos guardaron silencio para que Luis nuevamente dijera que quería pedir una hamburguesa. Entonces Héctor, como si hubiera descubierto la cura contra el SIDA, gritó:

-¡Ahí lo tenemos! ¡Es el mejor pretexto para reunirlos! -proclamó muy emocionado-.

"¿Una hamburguesa? ¿De qué estás hablando, Willis?", preguntaron los demás.

-¡El 29 de octubre abrirán el primer McDonald's en México! -aseveró Héctor.

Todos seguían confundidos, entonces Héctor les explicó que la inauguración de este restaurante de hamburguesas sería justo un sábado 29 de octubre y que estaría justo frente al bazar donde estaría Gustavo.

-Ahí podemos hacer un encuentro casual de los dos y no nos vamos hasta que hablen. ¿Cómo ven?

A Montserrat le pareció una idea excelente y fue secundada por todos. Incluso Luis, tomando como pretexto la idea, abrazó a Patricia. Montserrat miraba a Héctor como un héroe, pero, finalmente, todos estaban emocionados.

Parecía que las palabras que anteriormente le dijo Gustavo a Héctor, de cierta forma, tenían razón; su encuentro con Verónica también tenía como propósito reunir a los dos grupos de amigos, quienes también querían hablar con Verónica y Gustavo para seguir intentando todo para que este plan que desconocían sucediera.

Alex continuaba con su idea de tratar de conquistar a Verónica. «Bueno, lo importante es que el tipejo del bazar me vio con Verónica besándola, y aunque habernos besado no le pareció, será más fácil pedirle que me dé una oportunidad. Además, Verónica estaba medio peda, entonces será más fácil convencerla», pensaba Alex, dio un suspiro.

Mónica, por su parte, seguiría insistiendo por volver a poner a Gustavo a su disposición, más aún con aquel beso que se dieron esa noche en la fiesta. «No estuvo mal ese beso que le di a Gustavo. Creo que será más fácil que regrese conmigo. No sé qué tiene ese niño, pero me gusta mucho», pensó y un gran suspiro salió de su interior.

Tal parecía que Alex y Mónica ya se conocían de años. Era como si ambos hubieran planeado que Verónica y Gustavo no volvieran a conocerse después de aquel temblor; sus intenciones parecían más grandes que una catástrofe de la naturaleza.

Sin embargo, ahora los amigos de Verónica y Gustavo debían convencer, a sus espaldas, a sus dos amigos de que era más que necesario concretar el encuentro para que hablaran, antes de que Alex y Mónica intentaran hacer otro de sus maquiavélicos movimientos. Tenían que convencer a ambos de abrir su corazón.

CAPÍTULO 10
NI TÚ
NI NADIE
(PRIMERA PARTE)

Comenzaba una nueva semana para todos. Las secuelas del sismo del 19 de septiembre seguían latentes y ya se hablaba de un número de víctimas, así como el recuento de edificios y zonas afectadas en la Ciudad de México. Pero la sociedad mexicana seguía adelante con sus vidas, reincorporándose poco a poco a sus actividades, oficinas, escuelas, transporte etc. La vida seguía, pero a todos les quedaba claro que lo sucedido aquel día cambiaría a muchas personas para siempre. Lo mismo sucedía con Verónica y Gustavo, a quienes particularmente el temblor los llevó a situaciones desde lo increíble hasta lo más cómico, pero ambos creían que el día del temblor, ya no tenía que ver con que el destino los quería juntar y simplemente todo fue una simple casualidad; así lo querían ver.

Efectivamente, Verónica y Gustavo cada vez se sentían más desanimados. Entonces Héctor y Montserrat tenían sus misiones claras; él, por su parte, al día siguiente hablaría con Gustavo cuando fueran al gimnasio, y, por su parte, ella hablaría con Verónica en la escuela.

Ese día, de nuevo sonaba la alarma del radio despertador de Gustavo, que iniciaba su ritual de todos los días. Aunque era cerca de las 7:20 a.m., en un acto reflejo, Gustavo miraba hacia el techo como esperando que otro temblor volviera a suceder. «¿Cuánto durará esta sensación de que todos los días va a temblar?», se preguntaba Gustavo mientras ataba los cordones de sus tenis. Él continuaba con sus preparativos para estar listo mientras llegaba Héctor.

Minutos antes, el padre de Verónica conducía al colegio. Ya habían pasado muchos días en que no habían tenido clases, entonces ella también recordaba aquel doloroso día, pero sabía que debía continuar con su vida.

-Oye, hija, ¿segura estás bien? Recuerda que dijeron en tu colegio que, si aún no te sentías lista, podías tomar un par de días más.

Verónica lo escuchó atenta, pero inmediatamente le dijo a su padre que sería lo mejor. El colegio temporalmente adaptó salones provisionales, para que las alumnas no perdieran más clases. Ante esta reincorporación a la vida escolar, para Verónica sería mejor ya estar en la escuela. Además, estar con Montserrat y el resto de sus amigas le ayudaría a olvidar más ese día, pero también a olvidar ese extraño encuentro con Gustavo.

Al llegar Héctor por Gustavo, éste subió al coche y, antes de saludarlo, inmediatamente le dio la noticia de que había ya juntado el dinero para comprarse su propio coche.

-¿Cómo ves, cabrón? ¡El papá de Luis me vende una nave que está de poca madre y mi mamá me prestará un poquito más para dejarlo al puro pedo!

Entonces Héctor tuvo que esperar a poner en marcha su plan con Verónica porque la noticia también lo emocionaba y le daba mucho gusto por su amigo.

-¡De pelos, cabrón! ¡Felicidades! ¡Ya podremos festejar con una buena peda! Además, así ya podrás ir a ver a Verónica, digo, si es que te interesa todavía, porque te tengo noticias de ella.

La sonrisa de Gustavo casi desapareció de su rostro y muy cortante sólo contestó:

-¡Cabrón! Ya te dije que Verónica no era para mí… Siento que todo fue una mala idea -entonces Héctor entendió que, efectivamente, el orgullo y decepción de su amigo no sería una tarea fácil de superar; continuó manejando hacia el gimnasio, buscando otro momento para volver a tocar el tema.

Cuando Verónica bajó del coche y llegó a la entrada del colegio sintió cómo un escalofrío al cruzar la entrada. Se sorprendió aún más cuando vio que el edificio de preparatoria ya no estaba y sólo quedaban muy pocos restos de escombros, pero se armó de valor y continuó su camino. Más adelante, vio a Montserrat y el resto de sus amigas; todas se saludaron eufóricas y con mucho cariño. Para sorpresa de todas, el colegio preparó una pequeña recepción, aunque muy emotiva. Mientras la madre superiora hablaba, con murmullos Montserrat le hablaba a Verónica.

-¡Qué gusto verte, amiga! Oye…, ayer vi a Héctor y me contó varias cosas que pasaron en la fiesta.

No obstante, Verónica sólo alzó la mirada y contestó muy tajante:

-¡Montserrat, nos van a escuchar las hermanas! Y ya te dije que lo de Gustavo creo que sólo fue algo casual. Ya... no creo que sea el momento de hablar con él.

Entonces Montserrat no tuvo más remedio que quedarse callada. Pero, durante la ceremonia, la hermana Fernanda no dejaba de ver a las dos chicas con cierta picardía.

-Oye, Montserrat, ¿qué tanto nos ve la hermana Fernanda? -preguntó Verónica.

Entonces Montserrat, después de todo lo que Héctor le comentó, comenzó a atar cabos y sólo contestó:

-¡Claro! ¡Seguro fue ella quien ayudó a Gustavo! – y Verónica que fingía atención a la madre superiora, no entendía lo que su amiga se refería.

-¿De qué hablas, güey? ¡No te entiendo!

La mente de Montserrat, como si fuera la detective de la serie *Luz de Luna*, que era la novedad en la televisión, tenía más claro que la historia de Héctor era cierta. Pero más cierto era todo lo que Gustavo hizo para conocer a su amiga.

-¡Ves, güey! ¡Por eso tenemos que hablar de Gustavo!

Verónica sólo la miró extrañada y no dijo nada.

Cuando terminó la ceremonia, las hermanas del colegio, junto con los profesores y personal tanto administrativo como de limpieza, les entregaron una flor a las alumnas. Cuando Verónica pasó junto a la hermana Fernanda, ella la saludó muy efusiva con un abrazo.

-¡Qué gusto verte, Verónica! ¡Bienvenida otra vez! Espero que en estos días hayas podido descansar y, no sé..., tal vez estos días hayas conocido a algún admirador -le dijo la hermana al oído, lo que hizo que Verónica se separara de ese abrazo cordial.

Verónica miró a la hermana extrañada y sólo preguntó:

-¿A qué se refiere, hermana Fernanda?

La hermana sólo le guiñó el ojo y le sonrió. Verónica volteó con Montserrat confundida y su amiga volvió a repetirle:

-Te digo que tenemos que hablar.

Y así las chicas se dirigieron a sus salones temporales para empezar con las clases, aunque Verónica continuó confundida; parecía que Gustavo nuevamente regresaba a su mente.

Cuando ya estaban terminando su rutina en el gimnasio Gustavo y Héctor, se dirigían al coche para regresar a casa como habitualmente lo hacían, Héctor notó algo distante a su amigo y aprovechó para tocar el tema de Verónica.

-¡Mira, cabrón! No sé si estás pensando en la nave que comprarás o si estás pensando en la escuela, pero, según yo, creo que sigues pensando en Verónica. ¡Y tengo que decirte qué chingados pasó ese día en la fiesta!

Gustavo estaba sorprendido porque pareciera que su amigo le podía leer la mente. Claro, era natural porque eran los dos mejores amigos desde el kínder. Gustavo no tuvo más remedio que aceptar que pensaba en las tres cosas que mencionó; obviamente, Verónica era la número uno. Cuando Héctor estaba listo para comenzar a contarle lo que había hablado con las amigas de Verónica, justo en ese preciso momento, Mónica Avendaño lo esperaba en su auto.

-¡Hola, guapo! ¿Necesitas un taxi para ir a casa? -ofreció Mónica de manera muy sensual a Gustavo.

Ante la sorpresa de los dos chicos, principalmente de Héctor, éste lo sujetó del brazo a Gustavo y le dijo:

-¡No mames, cabrón! ¡Dile que otro día, es que te tengo que contar sobre Verónica! ¡No la cagues!

Sin embargo, Gustavo se sintió comprometido ante el ofrecimiento de Mónica y, sin pensar lo que su amigo le decía, simplemente aceptó el ofrecimiento de Mónica, quien se sintió emocionada.

-¡A ver, cabrón, ya te dije: lo de Verónica fue algo casual! ¡No creo que tenga algún futuro! -aseveró Gustavo con una voz muy enérgica que incluso Mónica logró escuchar.

-¡Bueno, allá tú, cabrón! Pero soy tu amigo y sé que Mónica sólo te causará problemas, como siempre. ¡Ella no vale la pena! ¡Sólo está enculada y encaprichada contigo! ¡Créeme, debes hablar con Verónica!

Gustavo, no muy convencido, sólo le dijo a su amigo que luego hablarían y que tenía que hablar también con Mónica y se dirigió al coche de ésta.

-¡Puta madre! ¡Qué orgulloso es este cabrón! -afirmó Héctor y sólo miró cómo se iba su amigo con Mónica.

Ya en el coche de Mónica, Gustavo saludó y ella muy efusiva le dio un beso muy cerca de la boca nuevamente. Él sólo fingió no darse cuenta, pero Mónica, que era una chica muy lista, inmediatamente lo cuestionó:

-¿Qué?, ¿no te gustan mis besos? El sábado en la fiesta parecía todo lo contrario. Y, por cierto, ¿quién es esa Verónica de la que gritaba tu novio Héctor? -cuestionó Mónica con un tono muy sarcástico.

Gustavo sólo quiso evadir las dos preguntas y simplemente se rio disimuladamente y contestó:

-Ya sabes… Es una chavita que quiere presentarme porque el güey conoció a una amiga y quiere que vaya de chaperón, pero no me late. Yo creo que por eso se enojó.

Gustavo evadió así las preguntas de Mónica y cambió el tema, platicándole también de la noticia de que se compraría un auto, lo que la emocionó y también funcionó para desviar el tema.

¿Y cuándo me invitará el caballero a ver su nuevo corcel? -preguntó Mónica.

Efectivamente, la noticia la hacía sentir más admiración por Gustavo, porque ella sabía perfectamente que tiempo atrás él había ahorrado y que era un gran esfuerzo sin ayuda de nadie.

-Pues estoy casi seguro de que para fin de mes ya lo tendré, sólo tengo que ver algunos detalles con el papá de Luis, que él me lo venderá y arreglará.

Mónica lo escuchaba atenta y podía observar lo emocionado que estaba él.

-¡Felicidades, guapo! Oye, pues justo el fin de mes voy a tocar con la banda. ¿Y sabes dónde? ¡Pues ni más ni menos que en el bazar! ¡Porque ese sábado 29 de octubre, justo en frente, abrirán el primero McDonald's! Entonces coincide con el tercer aniversario del bazar. ¡Los dueños del bazar harán mucho ruido para atraer gente que vaya a la apertura!

Gustavo recordó que lo que le contaba Mónica era cierto, incluso ya había olvidado que ese sábado sería una fecha importante y que todo mundo asistiría a esta apertura; se había vuelto todo un acontecimiento para muchos, principalmente los adolescentes.

Al llegar a su casa, Gustavo se despidió de Mónica, con quien ya se había puesto de acuerdo para ese sábado verse por el bazar.

Justo en ese momento, en el Colegio Mundial, Verónica y Montserrat se encontraban en un descanso. Varias niñas de otros grados y otros grupos querían platicar con ellas para que les contarán de aquel día del temblor, pues fueron las que lo vivieron más intenso que ellas. Pero Montserrat tenía una misión que cumplir y simplemente tomaba de la mano a Verónica para apartarlas de todas las niñas que les hacían muchos cuestionamientos. Para muchas alumnas parecía que Verónica y Montserrat eran como una especie de heroínas que habían sobrevivido a esta tragedia, entonces acaparaban la atención de muchas alumnas, lo que impidió que Montserrat hablara con su amiga, pero ya le urgía contarle todo a cerca de Gustavo.

Sonó la campana que avisaba que terminaba el descanso y las monjas del colegio les pedían que regresaran a sus salones. Nuevamente, la hermana Fernanda le sonrió pícaramente a Verónica.

-Oye, güey, ¡esa sonrisita de la hermana Fernanda ya me puso nerviosa! ¿No será que es Levi's? Desde lo que me dijo en la mañana ya me sacó de onda -le preguntó Verónica a Montserrat.

-¡Es que, con un carajo, tenemos que hablar! -gritó Montserrat ya desesperada porque no pudo hablar durante el descanso-. Mira, a la salida tenemos que hablar, ¿okey? -concluyó y las dos amigas ingresaron al salón a continuar con sus clases.

Sonó la campana en el Colegio Mundial que anunciaba el terminó de las clases por ese día. Para haber sido el primer día después del temblor, parecía que todo volvía a la normalidad. Nuevamente, se observaban los autos de los padres esperando a recoger a sus hijas, las monjas ordenando la salida de las chicas de preparatoria y secundaria y no faltaban afuera las personas que vendían helados y otras frituras de maíz y harina que era muy común ver siempre afuera de una escuela pública o privada.

-¡A ver, Verónica, llevo toda la mañana tratando de hablar contigo y ahora es el momento! -aseguró Montserrat.

Montserrat tomó de la mano a su amiga, dirigiéndose justo al pequeño puesto de las frituras.

-Vamos por unas papitas y hablamos -indicó Montserrat.

Cuando casi llegaban a ese puesto, apareció Alex nuevamente…, con un ramo de rosas rojas, lo que arrebataba las miradas de muchas chicas del colegio. Él, efectivamente, tenía un *look* muy de *Miami Vice*. Entonces se acercó a Verónica diciendo:

-Hola, Verónica, aunque no sé qué pasó el sábado en la fiesta, te pido una disculpa -aclaró y le entregó el ramo de rosas.

Montserrat no lo podía creer y sólo hizo un gesto de frustración. «A buena hora se aparece *Miami Vice;* no puede ser», pensó. Nuevamente, Verónica quedó sorprendida y con cierta incomodidad, como aquella vez que le llevó también flores a su casa y no supo cómo reaccionar.

-¡Alex! Qué pena… ¿Por qué me trajiste flores? -preguntó entre molesta, confundida y pena, algo evidente porque ella fue quien lo buscó aquella noche de la fiesta, decepcionada de haber visto ese beso que se dieron Gustavo y Mónica.

-Mira, Verónica, creo que, entre que tú habías tomado y la emoción de bailar contigo, confundí las cosas y por eso te besé, ¡pero mis intenciones siempre han sido sinceras! ¡Sabes que me gustas mucho y quise decírtelo hoy!

Montserrat tenía la intuición de que las palabras de Alex no eran sinceras, pero sólo volvió insistirle a Verónica que tenían que hablar.

-Mira Alex, te agradezco tantos detalles, y, sí, creo que bebí más de la cuenta, ¡pero no te dio derecho a besarme! Y no quiero que pienses que pueda haber algo entre nosotros, ahora no es como mi mejor momento -explicó Verónica, tratando de hacerle entender al chico, pues ella seguía con pensamientos que la confundían y que se acumulaban cada vez más.

Alex siguió insistiendo, haciéndole creer que efectivamente sus sentimientos eran completamente sinceros, aunque ya se notaba cierta desesperación de poder convencerla-.

-¿Por qué no me vuelves aceptar un café para hablar? -le sugirió Alex, pero Verónica le comentó que estaba castigada por dos semanas y como había regresado al colegio sería más complicado.

Entonces Alex propuso verse después de esas semanas.

-¡Mira, el 29 de octubre abrirán el primer McDonald's! ¿Por qué no vamos? Todo mundo estará ahí; ¡anímate!

Verónica sólo pudo contestarle:

-Lo voy a pensar, ¿está bien?

Alex aceptó.

-¡Verónica, no vayas a ir con él ese día! -Montserrat le rogó a su amiga porque sabía que eso podía interferir con el plan que un día antes habían armado todos los amigos-. ¡Ese güey no te conviene, es un patán! ¡En serio, debes escucharme, porque Gustavo te conviene!

Verónica sólo volteó muy seria con su amiga y no quiso decir nada. Justo en ese momento, sonó la bocina del auto de sus tías, que llegaban en ese momento por ella.

-Luego hablamos, ¿okey? -contestó Verónica ya un poco harta del tema de los chicos.

-¡Qué orgullosa es esta cabrona! ¡Pero me va a escuchar, así tenga que meterme de noche por su ventana! -refunfuñó Montserrat y sólo vio cómo se alejaba su amiga.

Gustavo, ya en su casa de su madre, se encontraba comiendo sólo con Karla. Ella notaba que estaba algo serio y, como siempre, comenzó a molestarlo.

-¿Qué tienes, cabroncito? ¿Ahora qué? ¿Héctor ya no es tu novio? ¿Los cazafantasmas se separan?

Explotó una carcajada que también contagió a Gustavo.

-¡Qué bien chingas, Karla! ¡Claro que no! Es que, pues, aunque no lo creas, sigo con el rollo de Verónica… Héctor dice que habló con su amiga Montserrat y que me debe contar, pero en ese momento llegó Mónica y me dio un aventón a la casa. Entonces me confundo; pienso en Verónica y todo lo que pasó por conocerla, entonces también pienso en Mónica y me acuerdo de todo lo que me hizo y pues no sé qué hacer.

Karla escuchaba atento todo lo que su hermano le contaba.

-Mira, galán…, yo siento que sólo te precipitaste con Verónica. Recuerda que mamá te dijo que hubieras esperado a que ella regresara a clases y la buscabas, pero te ganó la hormona. ¡Y no mames todo el desmadre que hiciste! Justo hoy ya la hubieras vuelto ver y seguramente ahora estarías en otra situación. ¿Por qué son tan complicados los hombres? En lo que sí estoy de acuerdo con tus cuates es que Mónica no es la mejor opción: si ella despega como cantante, estoy segura de que se va a olvidar de ti. ¿Ya lo habías pensado? ¡Deberías enfocarte en lo de tu coche y en la escuela, cabrón! Ya estás a punto de acabar la prepa y luego viene la universidad… Si crees que realmente Verónica es la indicada, ¡entonces búscala! ¡Pero ya no juegues como si fuera una película de Matt Dillon o Ralph Macchio!

Gustavo escuchó atento al sermón que Karla le daba, sabiendo que tenía razón.

-¡Gracias, señor Miyagi!

Comenzaron a reírse los dos hermanos y Gustavo se volvió a sentir más tranquilo, entonces decidió que lo mejor sería dejar que las cosas se dieran y no forzarlas.

Cuando Verónica subió al coche, las tías Isolda e Imelda se sorprendieron al verla con el ramo de rosas y no titubearon en preguntar en dónde las había obtenido. Obviamente, sabían que venían de algún chico.

-¡Vaya! Parece ser que fue un buen regreso a clases, ¿verdad, hija? -dijo Imelda, adelantándose a su hermana.

Verónica comenzó a comentar cómo había sido el primer día y cómo Alex se había aparecido sorpresivamente con las flores.

-¿Así son de complicados los hombres o sólo cuando son jóvenes? -preguntó inocentemente Verónica, lo que hizo reír a sus tías.

-Mira, hija…, ya te dijimos que has tenido unos días difíciles y creo que, en el fondo, con lo que pasó en el colegio, estabas muy susceptible y justo llegaron estos dos chicos que te confundieron. Pero, primero, creo que estás muy joven para que te cause un conflicto; creo que debes disfrutar que estás bien, que no te pasó nada en el temblor. Debes relajarte más y no descuidar la escuela -comentó Imelda.

Verónica también escuchaba atenta lo que su tía le explicaba y la tía Isolda también aportó a la conversación.

-Sí, hija, eres muy joven y muy bonita y seguirán pareciendo pretendientes. Ese Alex y el chico del bazar no son los únicos, claro, a menos que realmente te interese alguno de ellos. Pero, recuerda, una niña bien no debe ir a buscarlos. Creo que ahora Alex demostró interés, y sí sé que el otro chico no sabe mucho de ti, pero ¿quién lo sabe? Mejor es tu corazón, así que deja que el tiempo te de la respuesta -añadió Isolda.

Verónica se sintió confortada, pero no perdía su buen humor.

-Entonces… ya no estoy castigada, ¿verdad? -preguntó Verónica de manera sarcástica, pero sus tías se rieron, aunque contestaron al mismo tiempo con un rotundo no.

Héctor, que sí estaba preocupado por su mejor amigo, le marcó por teléfono a Montserrat para platicarle cómo le había ido. También, en el fondo, no podía evitar que se sentía atraído por ella, entonces pensó que sería el mejor pretexto saber cómo le fue con Verónica.

-¿Entonces no te quiso escuchar? Yo tampoco tuve oportunidad de hablar con Gustavo gracias a que su ex, por arte de magia, apareció afuera del gimnasio. ¡Carajo!

Héctor comenzó a relatarle a Montserrat lo que había sucedido.

-¡No te puedo creer! ¡Es que en el colegio llegó el tipo que la besó! -agregó Montserrat.

Ambos estaban sorprendidos de las coincidencias y cada vez se convencían más de que se trataba de una especie de señal del destino.

-¡No, Héctor! ¡No podemos dejar que *Miami Vice* y la copia barata de Joan Jett salgan con ellos! ¡Tú no confías en esa tipa ni yo en ese güey!

Los dos amigos de verdad que demostraban un gran interés por Verónica y Gustavo y dejaban claro por qué eran sus mejores amigos, pero eso no evitaba que Héctor y Montserrat se sintieran atraídos, entonces él le preguntó:

-Oye, Montserrat…, independientemente de lo que pase, me gustaría invitarte a la inauguración del McDonald's. ¿Quieres estar conmigo? Bueno, junto con tus demás amigas y mis amigos…

Montserrat, jugando con el cable de la bocina del teléfono, se sentía emocionada y sonreía como si la propuesta fuera algo que deseaba.

-¡Sí, claro que me encantaría! Pero… ¿no sientes que estamos traicionando a Verónica y Gustavo? Es decir, ellos deberían ser los primeros en haberse conocido y tú y yo ya nos vimos en la fiesta, ya tomamos un café y hemos estado hablando horas y horas todos los días. ¿Qué pasaría si ellos no arreglan las cosas?

Héctor se quedó callado por un instante ahí en el piso de su habitación, entonces la llamada se vio interrumpida por la voz de unos de sus hermanos.

-Miren, tortolitos, si sus cuates no se arreglan y ustedes sí, me da gusto, pero ¡pinche Héctor ya cuelga! Tengo que usar el teléfono.

Los dos chicos quedaron enmudecidos, pero ambos se rieron.

-Mira, Montserrat, si ellos no se arreglan, entonces tomaré en cuenta lo que dijo Gustavo la otra vez: tal vez todo esto fue para que todos nos conociéramos. Pero sería mucho mejor que esos tortolitos, como dijo mi hermano, también hablen y se conozcan más, como yo te quiero seguir conociendo.

Ambos coincidieron en estar de acuerdo y, cuando colgaron, los dos amigos emitieron un gran suspiro.

Parecía que ahora todos, aunque en diferentes lugares, coincidían en que lo mejor sería dejar pasar el tiempo y que Verónica y Gustavo, cuando fuera el momento, deberían hablar. No obstante, parecía que ese próximo 29 de octubre sería un momento que podría ser crucial para Verónica y Gustavo.

Los días continuaron pasando. Verónica y sus amigas cada vez se acoplaban más al colegio y se ponían al corriente de las materias; Gustavo y sus amigos también seguían con sus escuelas y sus deberes diarios, y Mónica ensayaba bastante para estar lista para el día del aniversario del bazar. Karla seguía vendiendo muy bien, Alex continuaba en la universidad y también buscando un nuevo atuendo, aunque similar a los de *Miami Vice,* como le decían los chicos. Gustavo, al mismo tiempo, seguía de cerca los detalles del coche que ya había comprado. Verónica estaba más tranquila y relajada, incluso, aprovechando los días de castigo, retomó sus clases de pintura que había dejado unos meses atrás. Finalmente, Verónica y Gustavo hacían caso al consejo de sus familias y simplemente estaban dejando que el tiempo decidiera todo y no tomando esas decisiones impulsivas que los dos chicos no midieron.

29 de octubre, inauguración del primer McDonald's en México:

Muy temprano ese sábado, Gustavo se encontraba en el taller del padre de su amigo Luis, donde le estaban entregando el auto que había comprado. Incluso sus tres grandes amigos también estaban con él porque era un momento muy especial para Gustavo. Con mucho esfuerzo lo había logrado: Gustavo tenía ya su primer coche, que, a pesar de ser un modelo viejo, el padre de Luis lo había restaurado con piezas originales y sólo unos pocos detalles modernos.

-Mira, hijo, conseguir un vocho VW *beetle* 1959 y dejarlo original es una buena inversión, excepto por ese escape y sonido de audio que le pusiste, ¡pero tienes una joyita! -dijo el padre de Luis.

Mientras el padre de Luis le explicaba, Gustavo emocionado no dejaba de reflejarse en el brillo de la pintura. Realmente, su coche estaba espectacular.

-¡Quedó bien chingón el vocho! -le dijo Jorge y los demás amigos lo celebraban.

-¡Gracias! Ahora si ahora me tocará a mí pasar por ustedes e ir por las chelas -les decía Gustavo muy emocionado.

-También ya podrías ir a buscar a Verónica -con voz baja le dijo Héctor.

-¡Güey! ¡Otra vez con ese tema! ¡Ya te dije que estos días que no se habla del asunto! Me han hecho estar mejor. ¡Además, ahora es momento de hacer rugir a la nave!

Héctor sólo obedeció, pero por dentro sabía que debía hablar con respecto a Verónica. Los 4 amigos se subieron al coche, pero, definitivamente, Gustavo se sentía emocionado y sólo estaba disfrutando el momento.

-Oye, cabrón, ¿vas a ir al bazar? -le preguntó Luis y Gustavo les explicaba que sí porque justo por la inauguración del lugar se pronosticaba que asistiría mucha gente al bazar después de conocer ese primer lugar de hamburguesas en México-. ¡Porque nosotros vamos a ir al McDonald's, güey! Deberías darte el *roll* por ahí cuando vayas a comer.

Insistía Luis, pero Gustavo también les comentó que Mónica iba a tocar con su banda en el bazar y, aunque no habían confirmado, él podría pasar a saludarla. Los tres amigos se pusieron algo nerviosos porque en realidad ellos querían seguir con el plan de hacer un encuentro en el lugar de hamburguesas, como lo habían planeado días atrás.

-¡No mames, pinche Gustavo! Dile a Karlita que no joda, aunque sea un rato. ¡No tienes idea de las nalguitas que van a ir! -señaló Jorge pensando que eso podría animarlo, pero Gustavo realmente iba conduciendo su nuevo coche y parecía que en cada kilómetro se enamoraba más de la nueva adquisición.

-¡Este cabrón no pela…! Pero yo ya me cansé de insistirle también -agregó Héctor y tanto Luis como Jorge, los tres amigos, se miraban sin saber qué hacer porque Montserrat y sus amigas sí seguían con el plan en marcha y parecía que Verónica las acompañaría.

Gustavo simplemente subió el volumen del estéreo del auto y la canción que sonaba en la radio era justo ideal para la ocasión: *I Can't Drive 55*, de Sammy Hagar, lo que hacía que los cuatro chicos se olvidaran del asunto del encuentro y, en automático, cantaron la canción. Así, el nuevo auto de Gustavo se perdía por las calles de la Ciudad de México.

28 de octubre de 1985 (un día antes de la inauguración):

Montserrat le marcaba por teléfono a Verónica para reconfirmar que al día siguiente irían a la inauguración del lugar de las hamburguesas.

-¡No mames, Montserrat! ¡Ya te dije que sí voy a ir! ¿Qué de plano son las mejores hamburguesas del mundo? -respondió Verónica enérgicamente.

-¡Güey! Sí sabes que esto se dio por el tratado de libre comercio que Salinas firmó, ¿verdad? Esto quiere decir que después vendrán más marcas al país -explicaba Montserrat, que era apasionada de la economía y las relaciones internacionales.

-¡Ay, sí! ¿O sea que en un futuro podré ir a una tienda Nike en Perisur? ¿O no me digas que van a vender coches Toyota en México? ¡Por favor! ¡Eso sería un sueño! -respondía Verónica también muy enérgica, porque si algo le gustaba a ella era el debate, incluso su padre no dudaba en que, al término de la preparatoria, llegaría a estudiar leyes.

-¡Bueno, no vamos a hablar de política económica exterior en este momento, pero ¡sabes la cantidad de gente que va a ir y, además, los chicos guapos que estarán ahí! ¡Hasta los que trabajan ahí están bien guapos! A un hermano de mi amigo, que se llama Lalo, lo contrataron hace unas semanas y el güey está bien guapo.

Verónica, en el fondo, se sentía emocionada por asistir porque, a pesar de ser un lugar de hamburguesas, parecía ser todo un acontecimiento, como si se tratara de la apertura de un museo o estatua, pero para los adolescentes de la época representaba un verdadero suceso que jamás había vivido el país.

-Sí, claro que iré con ustedes. Por cierto, tal vez vea a Alex ahí. No es seguro, pero él estará ahí también.

Montserrat, del otro lado de la línea, intentó como estrangular la bocina, simulando que era su amiga.

-¡No mames! ¿Vas a ver al mamón de Alex, *el Miami Vice*? ¿Ves? Si me dejaras decirte todo lo que sé de Gustavo, cambiarías de opinión.

Ahora era Verónica la que simulaba estrangular la bocina del teléfono.

-¡Montserrat! Ya te dije que ahora no quiero saber nada de él y ya me estoy cansando de que las últimas dos semanas sigues con lo mismo. ¡Mira, cabrona! Si le sigues, no voy a McDonald's, ¿okey?

Montserrat no tuvo más remedio que callarse para que así no se arruinara el plan del encuentro con Gustavo, así que siguieron hablando y se pusieron de acuerdo para el día siguiente.

CAPÍTULO 10
NI TÚ
NI NADIE
(SEGUNDA PARTE)

29 de octubre de 1985, inauguración del primer McDonald's en México (de regreso al nuevo coche de Gustavo):

Gustavo regresó al taller a dejar a sus amigos; pasaría a casa de su madre para enseñarle el coche a su hermano y después alcanzaría a Karla en el bazar. Revisando su reloj digital pensó: «Bueno, tendría tiempo para pasar a ver a Mónica y le puedo enseñar la nave». Después de reflexionarlo un poco, Gustavo decidió ir con Mónica, pero, en el fondo, él hubiera preferido que a la primera que se lo mostrara fuera a Verónica, pero ahora era algo que no lo hubiera confesado a sus amigos, así que se dirigió a casa de Mónica.

Mientras Verónica se comenzaba a arreglar para ir con sus amigas a la inauguración, sonó el teléfono. Su padre contestó la llamada y, como buen padre de la época, el tono de su voz era muy serio, pero nunca grosero, lo cual a cualquier chico de le época, el tono que usara un padre, podía intimidar. Así pasó con Alex, pero, decidido, pidió por ella.

-Déjame buscarla. Alex dijiste, ¿verdad? ¡Verónica! -gritó muy fuerte y cerca de la bocina para infundirle a Alex algo de temor o dejarle claro que el padre marcaba el territorio-. ¡Te habla Alex! ¡Contesta rápido porque tengo que usar el teléfono!

Alex sin conocer al padre de Verónica, pudo sentir que al parecer era un padre celoso y protector.

-Hola, Alex. ¿Cómo estás? -preguntó Verónica muy cordial y comenzaron a hablar, aunque ella no se sentía muy cómoda con la conversación.

Durante la llamada, Alex quería indagar si asistiría a la inauguración del lugar y ella, como la vez de la fiesta pasada, volvió aclararle que iría con sus amigas, pero que no estaría con él.

-Además, Alex, es un lugar de hamburguesas, no es un video bar. Dicen que el lugar estará a reventar de tanta gente que va a ir…

Pero Alex, que era muy hábil, nuevamente la volvió a convencer de que sólo sería para saludarla y que le gustaría invitarle lo que ella quisiera comer ahí. Verónica no tenía corazón para decirle que no, independientemente de cómo él siempre se portaba con ella. Aún no comprendía que el proceder de Alex era del tipo manipulador y dominante, pero finalmente ella le aceptó la propuesta.

El padre de Verónica escuchó parte de la conversación con el chico y, aunque le dijo que escuchó por casualidad, lo cual no era cierto, quiso darle su opinión.

-Veo que ese chico que te llamó te insistía mucho y, ¿sabes una cosa, hija? No debes sentirte obligada, bueno, a menos que sientas algo por él.

Verónica primero le reclamó a su padre.

-¡Papá! ¡Eres un metiche! ¿Qué estuviste escuchando por la otra bocina?

Al reclamarle, su padre sólo le contestó:

-¡Hija, tu voz se escuchaba por toda la casa! Incluso tus tías y yo nos sumamos en la parte donde dijiste "ya no insistas", y pues claro que me preocupé.

-Lo siento, papá, pero sí..., es un chico que ha insistido mucho, pero nunca me siento a gusto con él.

El padre la escuchaba atento y, claro, se trataba de su única hija y generalmente estos temas siempre prefería dejárselos a sus hermanas, pero esta vez él quiso apoyarla.

-¿Y con el chico del bazar te sientes más a gusto?

La pregunta dejó sorprendida a Verónica.

-¿Y tú como sabes? ¿Quién te dijo?, ¿fueron mis tías?

Su padre sólo le sonrió y le dijo:

-Mira, hija, que no esté todo el día en casa no quiere decir que sólo me preocupe por pagar tu colegio y los gastos de la casa, también debo saber qué pasa contigo, y pues tus tías, jamás en plan de chisme, me hablan de tus cosas. Ellas también necesitan saber mi punto de vista. Y pues el chico de bazar, aunque no lo conozco, pero de saber que desde esta edad trabaja, parece ser decente. Parece buena opción.

Verónica lo escuchaba verdaderamente sorprendida y con atención, pero se sentía muy bien saber que en su familia no había secretos y lo mucho que le importaba a su padre y sus tías.

-Sí, Gustavo es buen chico y cuando lo conocí aquel día en el bazar realmente me encantó…, pero yo me emocioné mucho, sólo que ya no volvimos a tener contacto y, al parecer, tiene novia…

También su padre escuchaba atenta y cerca de ahí, y medio escondidas, sus tías también, quienes estaban sorprendidas de la actitud de su hermano. Ellas hubieran jurado que jamás se abriría al tema de que su hija conociera chicos, pero se sentían contentas de que así fuera.

-¿Y ya le preguntaste si tiene novia? Además, si fuera el caso, ¿no podría ser él un buen amigo para ti? Si yo fuera él, te buscaría para aclarar las cosas. Ni tú ni nadie conoce mejor las cosas que ese chico, aunque veo que para dos horas en el bazar parece ser que ambos la pasaron demasiado bien.

Entonces Verónica comenzó a contar todo lo que había pasado en las últimas semanas desde aquel día del temblor y comenzó a entender mejor todo eso que sus tías le decían sobre la paciencia y la precipitación de forzar situaciones, como el día que lo fue a buscar al bazar, pero que no asistió. Eso no debió ser el final del mundo, considerando que él fue quien la vio por primera vez aquel día del temblor y nuevamente en el bazar. Verónica comenzaba a creer que el destino seguramente quería que se volvieran a encontrar, pero todavía ignoraba lo que Gustavo había hecho por volver a verla.

Gustavo llegó al edificio donde vivía Mónica y se estacionó obstruyendo una de las entradas, porque, obviamente, quería que su nuevo coche causara impacto en el momento que ella saliera. El portero del edificio se dispuso a reclamarle, pero inmediatamente identificó al chico e incluso lo saludó efusivo.

-¡Ese Gus! ¡Qué milagro, chavo! ¿A poco ya anda otra vez con la señorita Mónica? ¡Sí se ve que le gusta sufrir!

Las frases del portero, de quien no se las hubiera esperado, lo hicieron pensar y recordar que, efectivamente, Mónica no fue precisamente la más linda con él.

-Toribio, ¿cómo estás? ¿Qué pasó? ¿Cómo que me hacía sufrir Mónica? -contestó Gustavo fingiendo que no era así.

-¡Tócale, ahí está la señorita Mónica!

Gustavo así lo hizo, mientras que Toribio, el conserje, le adulaba su coche.

-¿Quién es? -se escuchó por el interfono.

-¡Soy Gustavo! ¡Baja! Tengo algo que mostrarte.

Mónica estaba emocionada y sorprendida al mismo tiempo y simplemente contestó que bajaría inmediatamente.

-¿A qué debo el honor, caballero? -preguntó Mónica, que lucía muy atractiva porque casi estaba lista para dirigirse al bazar para reunirse con su banda, pero cuando vio a Gustavo recargado sobre su coche nuevo quedó impactada-. ¡No mames! ¿Y esa nave? ¿No me digas que es tuyo? ¡Está de pelos!

Gustavo se sentía orgulloso y evidentemente su ego en ese momento era más grande que su auto nuevo.

-¡Sí! ¡Finalmente, ya lo compré! ¡Hoy me lo entregaron!

Tanto él y Mónica veían el auto emocionados, entonces ella no pudo evitar y se abalanzó sobre él y lo besó. Incluso Toribio el conserje fingía no verlos, pero era inevitable ver el gran beso que le daba la chica a Gustavo. Pero cuando se besaban, Gustavo abrió los ojos y en su mente imaginaba que quien le daba el beso era Verónica. Entonces, intencionalmente, Gustavo se separó de Mónica, pero ella pensó que era más bien por timidez del chico.

-¡Te felicito, guapo! ¿Y ahora tú serás el que me venga a raptar para ir a dar la vuelta? ¡Me encantó tu nave! No fue el típico coche de niño fresa, ya sabes, el VW Atlantic o ese Renault Encore. Este es más tu estilo.

Gustavo sólo agradecía los cumplidos de Mónica, pero desde el instante del beso comenzó a pensar en Verónica nuevamente. Él sólo veía que Mónica movía los labios, pero no escuchaba nada, sólo en su interior recordaba lo que Héctor le había insistido días antes de hablar sobre Verónica, pero siguió fingiendo que le ponía atención a Mónica.

-¿Entonces después de que toque la banda y termines el día con tu hermana salimos a festejar tu coche y mi tocada?, ¿te late?

La propuesta interrumpió esa meditación de Gustavo, quien titubeando un poco le contestó que estaría bien, pero justo haría planes con sus amigos para celebrar lo del auto nuevo.

-Bueno…, nos buscamos cuando ambos terminemos y ya vemos si salimos, ¿te late?

Gustavo dijo que sí y se despidió para irse al bazar, pero de lo que sí estaba seguro es que ahora sí hablaría con Héctor para que le dijera todo lo que sabía de Verónica. Subió a su auto y se marchó al bazar.

Cuando llegó Gustavo al bazar entrando por el acceso del estacionamiento para los dueños de los puestos, muchos de ellos volteaban a ver el auto de Gustavo, admirando el modelo. Hubo algunos comentarios como: "¡Guau! ¡Ve ese vocho! ¡Está de pelos!". Algunos otros reconocían a Gustavo y lo saludaban muy afectuosos y otros hasta lo felicitaban. Él se sentía como si hubiera llegado en el mismo Ferrari de *Magnum PI*, el detective de su serie favorita. Gustavo sonreía mucho más galán que el mismo Tom Selleck, pero lo que realmente quería en ese momento era enseñarle su nuevo auto a Karla, porque sabía que gracias a ella había podido juntar para comprarlo, lo que lo hacía sentir muy orgulloso a sus 17 años.

Cuando llegó Gustavo al bazar, a diferencia de otros fines de semana, éste en particular se observaba más agitado. Había mucha gente entrando y saliendo; había mucho tránsito afuera del bazar en ambos sentidos del periférico, donde se ubicaba el bazar. Incluso no parecía una ciudad que hace poco más de un mes había sido sacudida por el temblor.

Gustavo llegó al puesto de su hermana para darle la noticia de que ya su nuevo auto estaba en el estacionamiento, pero Karla ya estaba con mucha clientela, más de lo habitual, lo cual era muy bueno para los hermanos.

-¡Qué bueno que llegaste, galán! ¡Búscame unos jeans Calvin Klein en talla 8 de mujer y ayuda a la chava de azul! Y sí…, luego me enseñas tu nave -exclamó y le guiñó el ojo a su hermano; Karla sabía que era un día especial para él.

Pasó un rato en que bajó la clientela, entonces los dos hermanos ya pudieron platicar más tranquilos.

-¡No mames! ¡Eso de la inauguración del McDonald's sí que descontroló a la ciudad! ¿Ya viste la cola para entrar?, ¡llega hasta Insurgentes! ¡Para hamburguesas las de Tom Boy! -le comentó Karla a Gustavo.

-¡Sí, tienes razón! Pero mira el lado positivo: mucha gente que vino al lugar, luego de comer, se están viniendo para acá. ¡Nunca vi tanta gente como hoy! Nada güeyes los dueños del bazar que inventaron que hoy era el aniversario para aprovechar toda esta banda que se dejó venir.

Los hermanos continuaban comentando sobre la inauguración. En ese momento, Karla notó que ya no atendían a nadie y le dijo a su hermano:

-A ver, galán, vamos a encargarle el puesto al vecino de los discos y presúmeme tu lata.

Gustavo, emocionado, obedeció a su hermana, entonces se dirigieron al estacionamiento de los locatarios de los puestos. Karla quedó sorprendida por ver el auto de Gustavo. Definitivamente, que fuera un coche antiguo lo hacía resaltar entre coches más nuevos. Entonces Karla abrazó a Gustavo y lo felicitó.

-¡No tiene madre! ¡Vientos, galán! Ahora un día venimos en el tuyo y otro día en el mío.

Gustavo se sentía feliz, como un niño de kínder que había obtenido una estrella en la frente por hacer bien las cosas. Abrazados los hermanos regresaron a su puesto para seguir con la venta, pero en ese instante llegó Mónica con su banda en una camioneta que transportaba los aparatos musicales, bocinas, cables, etcétera.

-¡Hummmmm! Ya llegó tu ex noviecita la Madonnita -dijo Karla fue con sarcasmo-. ¡Mira, sólo le pasó que es una chava muy movida, pero tiene un colmillo más retorcido que el de un elefante! ¿Y qué?, ¿no me digas que la sigues viendo?

Gustavo guardó silencio por unos momentos y le contestó que simplemente eran amigos. Además, le recordó lo que habían platicado el otro día y que él dejaría que las cosas se acomodaran y se dieran como se tuvieran que dar, sin forzar nada.

-O sea, sí te entiendo, galán, pero también recuerda que la *Heavy Metal* no es la única, ¿okey? ¡Mira hoy cuánta gente hay! En una de esas conoces a una chica linda tipo Verónica, yo nada más digo…

Nuevamente, el nombre de Verónica salía a relucir.

-¡Bueno, quién te entiende, hermana! ¿No que conozca a otras chavas? ¡Y me dices que Verónica sigue siendo buena opción!

Karla respiró profundo y exhaló.

-¡Sí, yo te dije todo eso! ¡Pero, a ver, niño, sólo han pasado unas semanas y tú lo volviste como años en una tragedia griega! ¡Si Héctor sabe algo, me extraña que, es tu súper cuate y hasta llegué a creer que eran novios, no lo quisiste escuchar!

Gustavo en ese momento y con las palabras de Karla respondió:

-¡Era exactamente lo que venía pensando camino al bazar! ¡Tienes razón! Oye, ¿a la hora de la comida puedo darme un *roll* por el McDonald's? Ahí va a estar la banda.

Karla simplemente le dijo que sí.

-Oye, güey, pero no te vayas en auto; ve qué pinche desmadre hay de ambos lados. Mejor camina y cruza el puente de peatones -indicó Karla, dándole la recomendación por lo caótico que se había vuelto la zona ese día.

Pero en ese instante pasó por ahí Mónica, que fue a buscar a Gustavo para recordarle que más o menos cuando fuera la hora de la comida tocaría con su banda. La visita de ella incomodó a Karla, que sólo la barrió con la mirada y la ignoró.

-Oye, guapo, entonces te veré cuando sea la hora de que la banda toque, ¿verdad?

Gustavo recordó que había quedado muy formal de asistir y sólo le dijo que sí.

-¿Ves, galán? ¡Tú solito te enredas en pendejadas! Y si ya quedaste, ahora te jodes y vas a ver tocar a tu amiguita la Jossie y las melódicas. ¡Tampoco seas un patán!

Gustavo incluso se ruborizó por el regaño de su hermana, pero ella tenía razón.

-¡Bueno, voy un rato! Que sólo me vea y luego me lanzó con Héctor y la banda.

La solución no convenció a Karla, pero tampoco quiso opinar más.

Montserrat, antes de salir de su casa y pasar en su coche por Verónica, habló con Héctor para decirle que, a pesar de que el plan lo venían elaborando desde hace dos semanas, éste aún no tomaba la forma que ellos querían, pero, finalmente, Verónica sí iría a la inauguración.

-Bueno, ahora la pelota queda de tu lado, Héctor, tienes que hacer que tu amigo llegué a McDonald's. ¡Fue un triunfo convencerla! Pero finalmente aceptó sólo que… -Montserrat hizo un silencio que Héctor no entendió.

-¿Qué? ¿Hola? ¿Sigues ahí? -preguntaba Héctor algo agitado.

-Es que Verónica aceptó ver al tal Alex... Digo, no en ningún plan de ligue, simplemente ese güey estará ahí. Por eso es importante que Gustavo hable con ella, si no, otra vez los dos se van a volver a ver cuando estén viejitos y en un asilo...

Héctor se llevó la mano a la frente y no podía creer que Alex estaría ahí.

-¡No mames! ¿El *Miami Vice* estará ahí? ¡Puta madre! Sólo espero que no vaya con su sequito de damas de compañía y otra vez se armen los madrazos. Estoy pensando en algo... Luis y Jorge pasarán por Karla y Claudia, ellos que se tarden un poco más para que ustedes dos las esperen más tiempo. ¡Entonces yo me adelanto, llego al bazar y hablo o hablo a como dé lugar con Gustavo, y si no escucha, lo jalo de los huevos!

Montserrat escuchaba el plan de Héctor, que no era nada malo; incluso se imaginaba a Héctor como al actor Richard Dean de la serie *MacGyver*; claro, sin la famosa navaja que hacía todo, pero la mente de Héctor era la que parecía esa navaja porque su mente giraba a mil. Ver todo lo que hacía por Gustavo y Verónica hizo que Montserrat espontáneamente le dijera:

-Héctor..., te amo...

Héctor, acelerado contando su plan, se detuvo al escucharla y simplemente contestó:

-Yo también te amo...

Ambos chicos quedaron sorprendidos, pero muy emocionados. Una vez armado el improvisado plan de los chicos, Montserrat partió hacia casa de Verónica.

Verónica estaba esperando a Montserrat junto con sus tías, que hablaban de la inauguración de ese McDonald's y que no entendían por qué tanto alboroto. Entonces Verónica les explicaba, ya era una costumbre en la familia, para que las tías pudieran estar más actualizadas.

-Si querían comer hamburguesas, aquí hubieras preparada unas en el asador del jardín -dijo Isolda.

Pero la tía Imelda y Verónica sólo rieron fuertemente.

-¡Tía, no inventes! Eso no tiene chiste, ¡la onda es ir a comer una hamburguesa como las comen en Estados Unidos!

Verónica nuevamente aleccionaba a sus tías sobre el mundo de los adolescentes. En ese momento sonó el timbre. Era Montserrat, que llagaba por su amiga.

-¡Que disfruten las hamburguesas de Burger Boy, niñas! -gritaba Isolda.

Las chicas contestaron al mismo tiempo:

-¡Se llama McDonald's!

Las dos amigas se reían y tomaban camino hacia el lugar.

-Oye, Verónica, quedé de verme con Karla y Claudia, pero van con dos galanes que parece que quieren ligar. Digo, van también en plan de amigos y, como dijiste, sólo van a comer y ya -comentó Montserrat muy indiferente, como si no tuviera importancia y mirando por el espejo retrovisor si llevaba bien pintado los ojos.

-Bueno, supongo que está bien. De hecho, ¿desde cuando Karla y Claudia traen onda? Me da gusto. ¿Dónde los conocieron? -preguntó muy interesada Verónica.

Montserrat simplemente contestó que en la famosa fiesta de hace unas semanas, pero, de repente, Verónica volteó con su amiga y como a manera de reclamo, pero cordial, le dijo:

-¡Oye! ¡Y tú me críticas que veré ahí a Alex! Ellas sí y yo no, ¿o cómo?

Montserrat primero se puso un poco nerviosa, pero se contuvo y manteniendo esa indiferencia sólo le contestó:

-Ellos no son como Alex, querida…

Montserrat continuó manejando, pero el comentario dejó completamente muda a Verónica. Entonces Verónica aprovechó para platicarle de la reflexión que su padre había compartido con ella y que incluso la había sorprendido, pues nunca habían tenido tanta apertura, y menos tratándose de temas de chicos.

-¡Amo a tu papá! ¡El mío es más celoso que el Indio Fernández! Pero qué bueno que tocas el tema, ¡porque te alucinaste barato con esto de Gustavo y la rockera! ¡Entonces debemos hablar! -Montserrat le contaba emocionada y Verónica no entendía por qué estaba tan emocionada, pero finalmente estaría dispuesta a escucharla.

Ya se acercaban a su destino las dos chicas, pero, efectivamente, la zona del lugar era todo un caos. Había una fila inmensa de coches formados para ingresar al lugar de las hamburguesas. Muchas personas incluso estacionaban sus coches lejos de ahí para ir caminando. Efectivamente, un lugar de hamburguesas se había convertido en todo un suceso en la Ciudad de México. Las dos amigas estaban completamente impactadas, pero, aun así, se formaron con el auto en esa enorme fila.

Héctor también estaba en camino al bazar y, a pesar de que éste se encontraba en frente del lugar de las hamburguesas, también contaba con mucho tránsito.

-¡Puta madre! ¡Qué desmadre por ir a conocer al payaso Ronald! ¡Creo que será mejor dejar la nave en el bazar y después cruzar caminando al McDonald's! ¡Pinche Gustavo, ni cupido hace esto!

Finalmente, Héctor logró entrar al estacionamiento del bazar, que estaba a reventar.

-¡No mames! ¡También aquí está hasta la madre! ¡Espero que encuentre pronto a Gustavo y que el cabrón quiera ir a ver a Verónica!

Entonces Héctor, una vez que estacionó su coche, emprendió la búsqueda de su amigo.

Como Claudia, Karla, Luis y Jorge tenían que hacer tiempo, no contaban tampoco con el caos que había en la zona y ya no era intencional fingir que llegaban tarde. Entonces Luis decidió estacionar el coche en el centro comercial que estaba a un costado de las hamburguesas y decidieron mejor irse caminando para poder encontrarse con Montserrat y Verónica.

-¡Conociendo a Montserrat, estoy segura de que se formó en la cola para entrar a McDonald's! -aseguraba Claudia al resto de los chicos-. Seguramente, las veremos formadas -continuó explicando y los cuatro chicos dejaron el coche en ese estacionamiento y se fueron caminando para ver si se encontraban con sus dos amigas.

Héctor ya caminaba por los pasillos del bazar y estaba sorprendido de tanta gente, lo cual dificultaba el paso, pero seguía esquivando y abriéndose paso para llegar al puesto de Karla y Gustavo. Después de unos minutos, finalmente, logró llegar al puesto de su amigo, pero sólo vio a Karla y de primera impresión pensó que Gustavo no había ido o se dirigía a la inauguración del McDonald's.

-¡Karla! ¡Karlita! ¿Y Gustavo? -preguntaba Héctor desesperado, pero Karla, muy tranquila, lo calmó y le explicó que había ido al otro extremo del bazar a ver a Mónica porque estaba tocando, pero también le dijo que de ahí pasaría a buscarlo a las hamburguesas.

-¡No mames! ¡De ahí vengo! ¡Y es que toda esta área es un desmadre! Espero que no se haya ido a para allá porque ahí está Verónica, pero también va a llegar el fresa ese con el que Gustavo la vio besándose.

Karla no entendía muy bien lo que Héctor le explicaba, pero de lo que sí estaba segura es que su hermano quería hablar con su amigo y después con Verónica y aclarar las cosas.

-¿Es en serio? Y tu amigo todavía se da el lujo de ir a ver a Mónica tocar… ¿Por qué no hablaste antes con él? -le reclamaba Karla, pero Héctor ponía una cara de sorpresa.

-¡Karla, llevo dos semanas intentado hablar con él! ¡Estos dos no tienen idea de todas las telarañas que han formado en su mente y sólo es un malentendido de ambos!

Entonces Karla impulsivamente le gritó a Héctor:

-¿Qué esperas? ¡Ve a buscarlo ahí donde está tocando la banda de Mónica y explícale todo! ¡Pero ya! ¡Porque no tarda en acabar de cantar su banda!

Héctor obedeció sin cuestionarla y ahora cruzaría hasta el otro lado del bazar para buscar a su amigo.

Nuevamente, Héctor comenzó a abrirse paso entre la gente e incluso no le importaba empujar algunas personas con tal de abrirse paso, lo que generaba molestia de algunas personas, pero, definitivamente, si Héctor trabajara como cupido en una empresa de encuentros amorosos, lo estaba haciendo muy bien.

Cuando llegó al área donde se había instalado el grupo de Mónica, Héctor comenzó a buscar a Gustavo y, logrando llegar hasta el frente, en ese momento logró ver a su amigo.

-¡Gustavo! -gritó Héctor entre emocionado y desesperado, pero su amigo no lo escuchaba, entonces se comenzó a acercar más y seguía gritando, hasta que decidió acercarse al micrófono de la bajista, ante la sorpresa de la gente y el grupo, y a media canción gritó-. ¡Gustavo! ¡Tienes que ir con Verónica!

El grupo y las personas que escuchaban a la banda se molestaron e incluso recibió rechiflas del público por la interrupción, pero Gustavo escuchó y se sorprendió de lo que su amigo había hecho.

-¿Qué le pasa a este cabrón? ¡Pinche Héctor debe estar pedo? -se cuestionó y se acercó hacia su amigo para ver qué pasaba.

En este momento de confusión, Mónica, que seguía cantando ya la última canción, mantuvo la concentración por esta interrupción, pero quería entender por qué el mejor amigo de Gustavo había hecho esto y no apartaba la vista de ellos, que estaban hablando muy acaloradamente.

-¡Okey, cabrón! ¿Qué tanto hablaron Montserrat y tú de nosotros? Seguro Verónica debe estar riéndose de cómo me pusieron una putiza y luego verla con el cabrón ese que parecía Don Johnson de *Miami Vice*, ¿verdad?

Héctor sólo exhaló y le contestó:

-¡Sí eres un pendejo! No tienes idea de qué fue lo que pasó realmente, ¿verdad?

Entonces Héctor comenzó a relatar todo lo que había platicado con Montserrat, sus amigos y las otras amigas de Verónica.

-¿Qué? ¡No mames! ¿Entonces el güey *Miami Vice* la besó a la fuerza? ¡Qué hijo de puta! -ante la explicación de Héctor, y ahora mucho más tranquilo, con los brazos cruzados, Gustavo asentía, dando a entender que esa actitud orgullosa y esas historias trágicas que se hacía en su cabeza no le habían ayudado a volver a ver a Verónica.

-¡Ahora entiendes, güey! ¡Pero debemos llegar hasta ella antes de que el fresita de Miami la vea primero, si no, otra vez van a hacer su desmadre! ¡Vamos!

Los dos chicos comenzaron a correr hacia la salida para llegar a las hamburguesas. En ese mismo momento Mónica terminaba su actuación y, ante la ovación de la gente, no había dejado de ver a los dos chicos. Se sentía muy intrigada, más aún porque Héctor mencionó por el micrófono a una tal Verónica. Entonces, impulsivamente, agradeció la ovación y bajó del escenario también para correr atrás de los chicos, lo que causaba cierta confusión con el público que la escuchaba.

-Debe ser parte de su estilo, ¿o será muy penosa? -le decía un chico a otro que habían estado en el mini concierto.

A lo lejos se podía observar a los dos chicos corriendo y atrás de ellos también Mónica, pero entre el tumulto de gente los perdió de vista y su intuición la hizo pensar que se dirigían a la inauguración.

Montserrat y Verónica, después de más de 40 minutos, estaban ya casi en la entrada del McDonald's, pero esta última ya estaba algo desesperada.

-¡No mames, Montserrat! ¡No puedo creer la cantidad de tiempo para venir aquí! ¡Como si fueran a regalar las hamburguesas!

Cuando terminaba de decir la frase, en ese momento llegaron los cuatro amigos e inmediatamente Montserrat les dijo que se subieran a su auto.

-¿Dónde estaban? -preguntaba un poco nerviosa Montserrat, pero todos observaban que Verónica no sospechaba del plan que tramaban todos.

-Es que mejor dejamos el auto en Perisur y nos venimos caminando -contestó Luis.

En ese momento, Verónica, al ver a Luis y Jorge, le vino un recuerdo vago de esa noche cuando acompañó a su tía a ese restaurante de pizzas y de cómo vio a dos niños que no dejaban de observarla y que se parecían mucho a ellos dos.

-¿No nos habíamos visto antes? -preguntó Verónica.

Los dos chicos se pusieron nerviosos y cada uno contestó diferentes cosas. Jorge dijo que no y Luis dijo que sí, entonces a Verónica la dejaban más confundida y las otras tres amigas también se pusieron nerviosas.

-¿Qué les pasa? ¿Por qué todos están nerviosos? -insistía Verónica con el interrogatorio.

Montserrat volteó a ver a todos y con la mirada coincidieron en que ya debían decirle la verdad a Verónica.

-Son amigos de Gustavo -reveló Montserrat con voz muy baja.

Entonces se hizo un silencio total dentro del coche y Verónica sólo abrió al máximo sus ojos, que eran pequeños, y, antes de decir cualquier cosa, ya habían ingresado al estacionamiento de McDonald's, donde los encargados de esa área apresuraban a los chicos para ahora pasar a la fila de acceso al lugar.

Los chicos bajaron del auto, todos sin decir nada. Entonces Verónica tomó de la mano a Montserrat y la separó del grupo.

-¡Oye, Montserrat, de qué se trata esto! ¿Porque ellas están con los amigos de Gustavo?, ¿o será que el vendrá también?

Las dudas y reclamos de Verónica hicieron que Montserrat comenzara a contarle todo lo que había pasado, desde que ellos se vieron por última vez en el bazar hasta el día de la fiesta.

-¡Mira, Verónica, tengo que decirte que Gustavo se muere por ti! ¡Y no sabes todo lo que le pasó y todo lo que hizo para volver a saber de ti por ese error de no haberse dado el teléfono el día del bazar! ¡Entonces me vas a escuchar!

Verónica, como una niña regañada de cinco años, comenzó a ponerle atención, mientras que los otros cuatro chicos parecían espectadores de una obra de teatro y poco a poco se acercaban a las dos chicas.

-¡A ver, Verónica, el güey te vino a buscar a la escuela y se metió a la fuerza y fue la hermana Fernanda la que le dio información de dónde vivías! Después fue a buscarte al fraccionamiento y con la tormenta golpeó el coche de su mamá y terminaron en Leo's pizza todos empapados comiendo una pizza.

Entonces Verónica, al ver a los amigos de Gustavo, ahora que Montserrat le contaba la historia, le hacía más sentido todo.

-¿Se disfrazó de obrero para entrar a la escuela e investigarme?, ¿y luego fue a buscarme a casa? ¡Guau! ¡Nunca lo hubiera imaginado! -dijo Verónica y las cuatro amigas suspiraron-. Pero… ¿Entonces la rockera diabólica no es su novia? Ella lo besó a la fuerza… Mmmmm, eso no lo creo…

Todas las amigas al unisonó gimieron como dándole a entender que no era posible que dudara lo que pasó. Incluso Luis abrazó a una de las chicas y ya aprovechándose del momento sólo dijo:

-Sí, así somos de románticos en este grupo.

-¡No inventes, Verónica! ¡Te fuiste a besuquear medio peda con Alex! -dijo Claudia enérgicamente.

Nuevamente, las amigas trataban de convencerla de que el esfuerzo que había hecho Gustavo dejaba claro que estaba loco por ella.

-¡Ayyyyyyyy, Verónica! Si decías antes de la noche de la fiesta que valía la pena y que es mejor que Alex y todas esas cosas, ¡deberías por lo menos hablar con él! ¡Es más, Héctor fue hablar con él al bazar! -a manera de exigencia o regaño se dirigía Montserrat a su amiga.

Verónica se quedó pensando en lo que decían sus amigas, que de cierta forma tenían razón. Sí quería aclarar todo con Gustavo, pero cuando todo se comenzaba a aclarar, apareció

Alex, que para ese momento ya no le interesaba nada a Verónica y sólo quería saber más de toda esa confusión con Gustavo.

-¡Verónica! ¡Qué bueno que viniste! Mira, conseguí una mesa para ti, tus amigas y, bueno, sus parejas… ¿o son los choferes?

La pregunta puso muy mal e incómodo al grupo de chicos y Luis quiso confrontarlo, pero Karla lo sujetó de la mano.

-Luis, no vale la pena, este es un idiota. Además…, tú me gustas -Karla le susurró al oído y una gran sonrisa se dibujó en el rostro de Luis, calmando sus ánimos con Alex y simplemente lo ignoró.

Todo el grupo de amigos se sentó ya en la mesa que después de mucho tiempo les habían asignado, pero Verónica se quedó parada, con la mirada al infinito por todo lo que le habían dicho los amigos; Alex seguía con ella, hablando y creyendo que esa mirada de admiración era por él, pero en realidad todo lo que había hecho Gustavo la tenía admirada. Entonces Verónica, sin pensarlo, salió del restaurante, incluso atropellando a Alex, quien no entendía qué le sucedía. Y una vez cruzando la puerta corrió hacia la avenida y ahí miró hacia los dos lados: vio dos puentes, uno hacia el sur y el otro hacia el norte, justo en medio de donde estaba el restaurante y el bazar. Entonces decidió tomar el del lado sur y comenzó a correr. Sus amigas y los amigos de Gustavo también salieron atrás de ella.

-¡Verónica!, ¿a dónde vas? -preguntó Montserrat.

Verónica sólo volteó y le respondió gritando:

-¡Voy al bazar a hablar con Gustavo!

Inesperadamente, Alex salió junto a ellos a seguir a Verónica. Jorge, Luis y las tres niñas intentaron detenerlo; Jorge tomó una hamburguesa de una mesa y la embarró en el saco color azul *aqua* de Alex.

-¡Perdón, Don Johnson! -mencionó Jorge, disculpándose cínicamente.

Alex se molestó, pero tampoco quiso entretenerse discutiendo con ellos, quienes seguían tratando de obstruirlo. Al fin, logró evadirlos, pero ya no pudo ver en qué dirección se había ido Verónica.

Gustavo y Héctor también corrían hacia el restaurante, pero ellos cruzarían por el puente peatonal del lado norte. Verónica y Gustavo iban en sentidos opuestos.

-¡Pinche puente! ¡No pudieron ponerlos más separado! -se quejaba Héctor, pero ya ambos iban cruzando hacia el otro lado.

Antes de terminar de recorrer ese puente, Gustavo se detuvo para descansar un poco y aprovechó para darle las gracias a su amigo.

-Héctor, la neta es que eres mi mejor amigo. Gracias por todo lo que hiciste.

Y como buenos y grandes amigos se dieron un abrazo en ese puente.

-Pinche Gustavo, no seas puto y dame un beso, ¿no?

Simplemente, se separaron riendo y continuaron hacia el restaurante. Pero mientras Gustavo y Héctor ya se acercaban al restaurante, Verónica corría en el puente del lado sur para llegar al bazar. Cuando se disponía a bajar las escaleras, casi choca de frente con Mónica, incluso intercambiaron miradas, pero Verónica comenzó el descenso. «Mmmm, qué extraño… Se parece a la rockera del diablo», pensó, pero continuó su camino al bazar. Mónica también había tomado el puente contrario al de Gustavo, pero estaba casi segura de que ahí lo encontraría.

Gustavo y Héctor finalmente llegaron al restaurante de hamburguesas y afuera se encontraban todos los amigos y amigas y se sorprendieron al ver a Gustavo.

-¿Qué haces aquí? ¡Verónica fue a buscarte al bazar! -dijo Montserrat y todos no podían creer lo que pasaba, incluyendo a Gustavo, que nuevamente sentía algo de frustración, entonces se quedó meditando y viendo hacia dirección del bazar.

-¿Tiene mucho que se fue para allá? -preguntó Gustavo de espaldas al grupo y todos lo miraban extrañados, entonces uno de sus amigos le dijo que no tenía más de 10 minutos.

-Cabrón…, conozco esa mirada y me da miedo preguntar qué vas a hacer -mencionó Héctor muy serio.

-¡No tengo tiempo de dar tanta vuelta! ¡Voy a cruzarme todo el periférico!

Todos pensaron que lo decía en broma, pero su intención, efectivamente, era cruzar toda esa gran avenida. Las chicas se sorprendieron, pero también suspiraron como admirando la iniciativa de Gustavo, que no era precisamente la mejor.

-¡Les dije! ¡Así somos de románticos en este grupo! -repitió Luis a las chicas.

-Con tanto desmadre de tránsito que hay de ambos lados voy a cruzar directo. ¡No puedo perder más tiempo! -proclamó Gustavo y así lo hizo, ante la expectativa de todos.

"¡Está bien pinche loco!", dijeron todos en coro. Era como si se tratara de algún doble de cine tratando de filmar una escena de acción.

-Si no lo logra, pido quedarme con su coche -dijo Jorge sarcásticamente y todos los chicos casi lo golpean.

Gustavo comenzó a cruzar el periférico y, efectivamente, los coches no circulaban a más de 40 km por hora, lo que permitía que Gustavo calculara y evadiera el tránsito, logrando llegar al muro de contención que dividía la avenida. «Ahora falta cruzar el otro sentido. Tranquilo, Gustavo, con calma», se decía a sí mismo. Era inevitable que algunos conductores le gritaran y lo insultaran por la locura de cruzar; "¡Imbécil, te van a atropellar!", le gritaban.

Los amigos, del otro lado, miraban sorprendidos de la locura, incluso otros chicos se les unieron para ver la hazaña que intentaba hacer Gustavo y más se animaban los chicos cuando las amigas de Verónica contaban por qué lo hacía. Aquello ya parecía un espectáculo patrocinado por el restaurante de hamburguesas o el bazar.

Finalmente, Gustavo logró cruzar hasta el bazar y todos los chicos del otro lado vitoreaban el logro; incluso, al llegar, Gustavo alzó los brazos en señal de victoria y los otros chicos se emocionaron más.

-¡Este cabrón lo logró! ¡Vamos a alcanzarlos al bazar! -gritó Héctor emocionado y sin soltar de la mano a Montserrat.

-¡Oye! Pero vámonos todos por el puente, ¿no? -le contestó Montserrat, se miraron y ahí Héctor le dio un gran beso.

Verónica, finalmente agitada y cansada, llegó al puesto de Karla, pero sólo la vio a ella. Karla inmediatamente la reconoció y sorprendida se dirigió a ella, incluso, sin decirse una sola palabra, las dos chicas se abrazaron.

-¿Estás bien? ¡Dime que mi hermano no volvió a cagarla!

Verónica, recuperando el aliento y calmándose un poco más, comenzó a contarle todo lo que ella había pensado acerca de Gustavo; Karla la escuchaba atenta.

-Pero no puede ser… ¿Me fue a buscar a McDonald's? ¡Es que de ahí vengo! ¡Tendré que regresar otra vez!

Pero Karla la sujetó de los hombros y la sentó en una de las sillas del puesto.

-¡No! ¡Ahora entiendo por qué los dos están locos el uno por el otro! ¡Están más locos que un par de cabras! ¡Tú te quedas aquí y juntas vamos a esperarlo! Lo conozco perfecto y seguramente, al no verte, o ya se cortó las venas con una hamburguesa o se dejará atropellar en el periférico.

Las dos comenzaron a reírse. Verónica con sólo haber visto una vez a Karla le inspiró mucha confianza y se sintió muy tranquila con ella.

Gustavo se dirigía al puesto de su hermana, quien logró verlo a lo lejos y pensó hacerle una travesura en combinación con Verónica. Karla comenzó a hablarle al oído a Verónica y esta última se escondió en el puesto de junto, que era de la persona que vendía discos y casetes, en un punto donde podía observar todo lo que pasaba en el puesto de Karla.

-¡Karla, no viste a Verónica!, ¿no vino a buscarme? ¿Sí te acuerdas de ella? -preguntaba Gustavo, que venía con la respiración agitada y algo sudoroso.

-¿Qué te pasó, galán? ¿No fuiste a McDonald's con tu novio Héctor para hablar de Verónica?

Gustavo la interrumpió antes de contestar sus preguntas.

-¡Karla, no mames! ¡Contesta!

Entonces, aplicando también la misma técnica que usó con Verónica, lo tomó de los hombros y lo sentó en la silla.

-¡Cálmate! No ha venido por aquí, pero si te dijeron que iba a venir, espérala un poco y así descansas. Pero, a ver, hermanito, relájate y vamos a suponer que yo soy Verónica. ¿Qué me dirías?

Gustavo sólo la miró extrañamente, pero después de todo no le pareció mala idea; con tanta ida, vuelta y agitación pensó que serviría para cuando la encontrara, porque realmente no tenía muy estructurado todo lo que le diría. Así que Karla lo levantó y lo hizo caminar más cerca del puesto de junto donde Verónica se escondía, en complicidad con el dueño de ese puesto. Entonces Gustavo comenzó a hablar como si Karla fuera Verónica, quien escuchaba atenta todo lo que Gustavo quería decirle. El dueño del puesto contiguo le hacía caras de que Gustavo sonaba muy sincero y esto la emocionaba mucho.

-Y pues sí, Verónica, sólo puedo decir que desde que te vi no he dejado de pensar en ti ni un segundo -concluyó Gustavo.

Verónica le pidió al dueño del puesto que la dejara hablar por el micrófono que usaba para promocionar la venta de sus discos y le pidió que pusiera una canción.

-¡Señoras y señores, su atención, por favor! Yo no soy cantante, pero quiero dedicar esta canción al chico que, ante un temblor y una tormenta, que la hizo de espía, que le dieron una golpiza, se le olvidó pedir mi teléfono. Le dedico esta canción porque me conquistó aquí en el bazar.

Ante la sorpresa de Gustavo, Karla y la gente que estaba cerca, que no entendía qué pasaba, comenzó a sonar la canción *Ni Tú Ni Nadie* de Alaska y Dinarama. Entonces Verónica se acercó a Gustavo, ambos estaban, por fin, frente a frente otra vez. Se tomaron de las manos y comenzaron a hablar viéndose a los ojos. No se escuchaba lo que se decían, pero la canción parecía que hablaba por ellos.

Karla alzaba los brazos en señal de victoria muy emocionada, más aún cuando los dos chicos comenzaron a besarse. En ese momento llegaron corriendo todos sus amigos, y cuando vieron la escena también gritaron muy jubilosos y comenzaron a aplaudirles. La gente que no entendía lo que pasaba también se unió con los aplausos.

-¡Prométeme que me darás tu teléfono!, ¿okey? -le dijo Gustavo a Verónica y nuevamente volvieron a darse un beso; ahora sí estaban seguros de que ni un temblor los volvería a separar.

FIN

DE 1985, PORQUE VIENE 1986...

Y mientras Gustavo y Verónica por fin estaban juntos en el bazar, allá en el McDonald's, Alex estaba desconcertado porque ya no pudo encontrar a Verónica. Se sentó en una mesa afuera del restaurante; estaba enojado y frustrado. En ese momento sólo escuchó la voz de una chica que se sentía igual.

-Hola, *Miami Vice*. Tu ánimo se ve igual que el mío. ¿No me invitas una hamburguesa?

Alex, sorprendido, aceptó. «¡Nada mal la rockerita esta!», pensó. Mónica pensó: «No está mal este niño fresita vestido *de Miami Vice*». Comenzaron a hablar sin saber que el destino los juntaba, considerando que ambos estaban enojados con las mismas personas: Verónica y Gustavo.

www.ingramcontent.com/pod-product-compliance
Lightning Source LLC
Chambersburg PA
CBHW070445260626
47161CB00004B/1212